돌담에 속삭이는

임철우

돌담에 속삭이는

임철우

소설

PIN

015

차례

PIN

015

돌담에 속삭이는

임철우

프롤로그

당신은 우리들이 누구인지 모르지. 얼굴도 이름도 나이도 알지 못하지.

심지어 우리가 당신들과 똑같이 이 세상에 함께 존재한다는 사실조차 아예 모르고 있잖아?

하지만 우린 당신을 잘 알고 있어.

이 섬 안에 일단 발을 들여놓으면, 그 누구라도 우리의 시야에서 단 한 발짝도 벗어날 순 없으니까. 당신이 어딜 가든, 누구랑 무슨 얘길 하고, 어떤 음식을 먹고, 뭘 생각하든 마치 투명한 어항 안처럼 우린 빤히 들여다볼 수가 있지.

어떻게 그럴 수 있느냐고?

우린 언제나 당신 곁에, 당신들과 함께 있으니까. 당신이 눈을 뜨고 있는 시간에도, 곤히 잠들어 있는 시간에도, 우린 변함없이 당신 곁에 함께 있으니까.

우리는 이따금 당신의 꿈속으로 찾아가기도 하지. 당신의 마음속 풍경을 들여다보고, 당신의 이야기를 듣기도 하고, 당신의 손을 가만히 잡아주기도 하지.

하지만 잠에서 깨어나면 당신은 다 잊어버리고 말아. 그래서 당신은 아무런 눈치도 채지 못하는 거야.

우리를 보고 싶다고? 우리가 누군지 알고 싶다고?

사실 그건 그다지 어렵고 복잡한 일만도 아니야. 퍽 드물기는 하지만, 우리들의 미미한 기척을 어렴풋이 알아차리는 특별한 사람들도 종종 있거든.

자, 고개를 돌려봐.

우린 여기에 있어.

언제 어디서건, 당신의 옆자리 혹은 바로 등 뒤에서 우리는 조용히 당신을 지켜보며 서 있어.

천 길 지하 동굴에 고인 어둠처럼 무겁고 낮은 속삭임으로.

혹은 새벽안개처럼 축축하고 미끌미끌한 숨결로, 이렇게.

1

지금 당신의 눈앞에 작은 집 한 채가 보인다.

소박하고 단출한 규모. 낮게 엎드린 지붕. 온
통 흰색 페인트칠을 한 콘크리트 벽체. 그것은 폭
풍이 잦은 섬 지역답게 극히 단순하고 견고하게
지어진, 이곳 특유의 일반 가옥이다. 하지만 눈에
띄게 말쑥한 지붕과 창호, 무엇보다 건물 중심부
의 대형 통창이며 현관 앞 옥외 마루 따위를 보
면, 첫눈에도 원래 있던 헌 집의 뼈대만을 남긴
채 최근에 큰 폭의 리모델링 작업을 거쳤음을 쉽
게 알 수 있다.

암갈색 동판 재질의 지붕 너머로 멀리 한라산이 보인다. 정상에서부터 완만한 능선 전체가 눈으로 하얗게 덮여 있다. 산꼭대기의 분화구 연못 역시 지금은 두텁게 꽁꽁 얼어붙어 있을 터이다.

그 집의 다소 협소해 뵈는 마름모꼴 마당은 가슴 높이의 돌담으로 빙 둘러싸여 있다. 앞마당엔 메마른 잔디가 듬성듬성 깔렸고, 돌담을 따라 앙증맞은 미니 화단엔 야생화며 키 작은 관상수 몇 그루가 오밀조밀 심겨 있다. 대문은 애당초 만들지 않기로 한 듯, 마당 오른쪽의 궁색한 주차 공간을 나서면 곧장 골목이다.

마당 왼쪽 모퉁이엔 개집이 하나 놓여 있다. 지금 그 개집 안에는 백구 한 마리가 머리통만 내놓은 채 엎드려 졸고 있는 참이다.

건물 뒤편인 북쪽 담장만 이웃집과 연해 있을 뿐, 정남향으로 자리한 그 집은 삼면이 온통 울창한 감귤밭들로 에워싸여 있다. 말 그대로 수백만 평의 대규모 감귤 농장 지대가 멀리 북쪽의 중산간 마을에 이르기까지 흡사 밀림처럼 드넓게 펼쳐지는 것이다.

그 광활한 농장 지대 한쪽에 고작 10여 채의 집들이 띄엄띄엄 들어서 있는 망월리 마을.

거기에서도 가장 후미진 골목의 맨 끄트머리에 노루 꼬리마냥 달랑 붙어 있는 집. 바로 한민우의 집이다.

자, 이야기는 그 집에서부터 시작된다.

2

이날 아침 한은 평소보다 늦은 시각에 잠을 깼다. 지난밤 자정 무렵까지 책을 읽은 탓이다. 며칠 전 읍내 도서관에서 빌려 온, 이 섬의 풍속과 민간신앙 등을 소개해놓은 책이다. 평소대로라면 아내가 잠을 깨워주었을 테지만, 그녀는 딸을 돌봐주러 두 달째 서울에 올라가 있다. 대학 졸업 후 취업 준비 중인 딸아이가 빙판길에서 넘어져 다리에 골절상을 입었던 것이다.

한은 잠을 깨고 나서도 한동안 침대에 누워 천장만 멀뚱멀뚱 쳐다본다. 조금 전 꿈의 잔상이 아직도 선명하다. 이즈음 유난히 꿈자리가 뒤숭숭

하다. 한동안 뜸하다 싶었는데, 어째선지 흉흉한 꿈들이 밤마다 번갈아 찾아와 머릿속을 어수선하게 만들곤 한다.

사실 그것이 어제오늘 시작된 일은 아니다. 특이하게도 그는 병적이다 싶을 만치 잠자리에서 꿈을 많이 꾸었다. 유년기엔 그 증세가 워낙 심해서, 아침마다 의식이 온전히 맑아지기 전까지는 마치 몽유병 환자처럼 몽롱한 상태에 한참씩 붙잡혀 있곤 했다. 눈을 빤히 뜬 채로 아이가 자꾸만 이상한 소리를 해대는 바람에, 뇌 안에 무슨 혹이 자라고 있는 게 아닐까 어른들이 의심할 정도였다.

군 복무 기간 중엔 그나마 증세가 훨씬 덜해졌음에도, 내무반 동료들로부터 숫제 환자 취급을 받았다. 그 때문에 국군병원으로 보내져 정신과에서 정밀 검사까지 받았는데, 군의관은 아마 가벼운 신경쇠약일 거라고 심드렁하게 말했다.

그 특이한 증세는 결혼한 뒤로 다소 나아진 듯했으나, 40대 이후 직장에서의 극심한 스트레스

와 함께 재발했다. 다행히 퇴직과 동시에 섬으로 이주해 온 이후부터는 고질병인 천식이 다소 나아지면서 잠자리까지도 한결 편안해진 느낌이다.

그런데 최근 다시 꿈자리가 어지러워졌다. 하나같이 불길하고 흉흉한 꿈들이 매번 유사한 패턴으로 반복되었다.

꿈속에서 그는 자주 바닷물 속에 내던져져 있었다. 수면 위에 익사체처럼 둥둥 떠서 어디론가 하염없이 흘러가거나, 까마득한 심해의 암흑 속으로 납덩이마냥 까무룩 가라앉았다. 혹은 머리 바로 위 허공에서 동굴의 시커먼 아가리가 느닷없이 튀어나오거나, 발밑이 푹 꺼지면서 순식간에 거대한 싱크홀 속으로 빨려 들어가기도 했다. 누군지도 모를 수많은 사람들과 함께 영문도 모르고 사냥감이 된 채 무작정 쫓겨 다니다가 외마디 비명과 함께 깨어날 때도 있었다.

'왜 매번 비슷한 꿈들이 되풀이되는 걸까. 어떤 꿈은 무의식이 보내오는 긴급한 신호 같은 것이

라던데……. 만일 그렇다면, 거기에 담긴 의미는 무엇일까.'

그런저런 막연한 의문들을 떠올리다가 그는 침대에서 몸을 일으킨다.

3

물속이다.

그의 몸은 반쯤 잠긴 채 수면 위에 가볍게 떠 있다.

물의 표면은 호수처럼 잔잔하지만, 그는 그곳이 바다임을 이미 알고 있다.

밤이다.

하지만 사위는 오로라처럼 푸르스름하고 기이한 빛으로 가득하다. 흡사 양수처럼 미지근하고 매끄러운 물의 감촉. 먹물 같은 수면 위에서 배영을 하듯 누워 그는 허공을 올려다본다. 별 하나 없는 하늘엔 괴이하게 크고 둥근 달만 둥실 떠 있다. 그것은 달이 아닌 맨홀처럼 보인다. 암흑 천공에 뚫린 거대한 구멍. 지금 그 구멍에선 눈부시게 푸르스름한 빛 무더기가 끊임없이 벌컥벌컥 쏟아져 나오고 있다.

고개를 돌려 보니, 놀랍게도 그는 혼자가 아니다. 수많은 사람들…… 아니, 시신들이다. 산 자는 아무도 없다. 기다랗게 무리를 지어 끊임없이 떠오르고 떠가는 수백 수천 시체의 행렬. 그는 온몸이 얼어붙는다. 저들은 누구인가. 대체 어디서 이렇게 끝없이 떠내려오는 것인가. 그는 필사적으로 버둥대지만 팔다리가 말을 듣지 않는다.

또 다른 무리가 눈앞으로 다가온다.

수십 명씩 굴비 두름처럼 한 줄로 나란히 엮여 있다.

다들 똑같이 등 뒤에서 손목이며 팔뚝을 밧줄 혹은 철사 줄로 결박당한 모습. 밧줄이 고삐처럼 목에 그대로 휘감겨 있는 사람도 있다. 하나같이 백지장으로 변한 얼굴들. 목덜미와 가슴께까지 온통 피투성이인 까까머리 소년. 두 눈을 허옇게 부릅뜬 채 굳어버린 노인. 양팔로 가슴을 그러안고 새우처럼 웅크린 젊은 여자. 아직도 입에서 검은 피를 울컥울컥 토해내는 청년…….

거기엔 아이들도 있다. 두어 살, 예닐곱 살, 까까머리 초등학교 아이들까지. 젖먹이를 품에 안은 젊은 어미. 팔다리가 잘려 나가고, 얼굴이 짓이겨진 남자들. 두 눈을 빤히 뜨고 이쪽을 노려보는 노인. 산발한 머리채를 미역 줄기처럼 검게 풀어 헤친 채 떠내려가는 여자……. 은은한 달빛 아래 끝없이 펼쳐지는 그 무서운 광경 앞에서 그는 차마 숨조차 쉬지 못한다.

그런 어느 순간, 그의 몸뚱이가 물밑으로 쑥 빨려 들더니 빠르게 가라앉기 시작한다. 발밑에선 심해의 암흑이 거대한 아가리를 벌린 채 그를 기다리고 있다. 마침내 풍선처럼 부풀어 오른 심장이 펑 하고 터지기 직전, 그의 입안에서 짧은 단어 하나가 기포처럼 희미하게 흘러나온다. 아. 버. 지…….

4

오전 여덟 시.

주방 겸 거실에서 한은 혼자 아침식사를 하고 있다. 메뉴는 늘 비슷하다. 보리빵 반쪽, 야채샐러드, 우유 한 잔. 그가 아침을 거르지 않고 꼬박꼬박 챙겨 먹기 시작한 건 퇴직 이후부터다. FM 라디오에선 첼로의 느리고 묵직한 선율이 흘러나오기 시작한다.

빈 그릇들을 대충 치우고 나서 한은 전기 포트에 물을 끓인다. 골목에서 귀에 익은 스쿠터 소리가 나더니 이내 멀어진다. 사흘 만에 신문이 배달

된 모양이다. 어제와 그제 이틀은 예고 없이 배달
이 중단되었다. 굳이 보급소로 문의해볼 필요는
없었다. 기록적인 폭설로 공항 전체가 마비 상태
라는 뉴스가 라디오에서 흘러나왔다. 섬과 육지
사이 하늘길이 닫히면 사람도 신문도 함께 발이
묶였다.

한은 의자 등받이에 등을 기대고 앉아 느긋하
게 커피를 마신다. 창밖 날씨는 잔뜩 흐리다. 밤
사이 바람은 다소 멎은 기색이나 하늘엔 해가 보
이지 않는다.

이번 폭설은 특이했다. 한라산 일대와 제주시
는 가히 재해 수준이었다는데, 남쪽 지역에 사는
그로서는 그다지 실감이 나지 않았다. 이곳에도
사나흘 제법 많은 눈이 오긴 했지만, 대부분 땅에
쌓이는 동안 녹아버렸다. 밤사이 쌓인 눈도 아침
이 되면 빠르게 녹기 시작했다. 하나의 섬인데도
산을 경계로 북쪽과 남쪽의 겨울은 그만치 기온
차가 뚜렷하다.

한은 차분히 가라앉은 눈빛으로 유리창 밖 풍

경을 내다본다. 이 섬에선 계절의 경계가 모호하다. 겨울 안에 봄과 가을이 동시에 엄연히 혼재한다. 2월 중순인데도, 화단의 야생화와 담쟁이 이파리엔 여전히 푸른빛이 선명하다. 돌담 너머 푸른 나뭇가지엔 노랗게 익은 귤열매가 드문드문 달려 있다. 귤 수확 철은 벌써 지났지만, 농부가 남겨둔 그 열매들은 당분간 겨울새들에게 요긴한 먹이가 되어줄 터이다.

한은 하루 중 그렇듯 창 너머 마당과 마주하고 앉아 있는 순간을 가장 좋아한다. 아내의 반대를 무릅쓰고 한사코 통창 앞에다 식탁을 옮겨놓은 까닭도 그래서다. 그 자리에 앉으면 마당에 고인 햇살이 시야 가득히 흘러든다. 비와 눈, 아침과 저녁, 밤과 한낮은 또 각기 그것들만의 특별함을 간직하고 있다. 그 네모난 창틀 안엔 사계절의 꽃과 나무, 돌담과 넝쿨, 하늘과 별이 매 순간마다 한 폭의 절묘한 풍경으로 오롯이 담기곤 한다.

한이 섬으로 이주해 온 건 재작년이다. 애초엔

당장 서울을 벗어나야겠다는 생각뿐, 이곳 생활에 대한 구체적인 계획조차 없었다. 캄캄한 맨홀에 갇혀 질식해 죽기 직전의 순간과 대면하고 있는 느낌. 최근 몇 년은 그만치 심신이 피폐한 상태였다. 30년 가까운 교직 생활에 대한 미련 따윈 남아 있지 않았다. 성적과 입시 만능의 교육 현장은 그의 기력과 의욕을 일찌감치 소진시켰다. 결국 천식 증세가 악화되고 심장병까지 얻게 되자 그는 주저 없이 명예퇴직을 신청했다.

지난 2년간의 섬 생활은 한에게 적잖은 변화를 가져다주었다. 건강이 한결 나아지면서 내면적으로도 차츰 안정감을 되찾았다. 처음엔 일단 2, 3년 정도만 살아보자는 남편의 말에 어쩔 수 없이 따라 내려온 아내도 이젠 그런대로 적응해가는 눈치다.

사실 한은 이곳에 완전히 정착하기로 내심 이미 작정하고 있다. 내후년이면 자신의 나이 예순이다. 뭔가를 새롭게 시작하려 애쓰기보다 지금껏 벌여놓은 것들부터 차근차근 마무리해가야 할 때다. 그러다 보면 어느 날 문득 생이 다하고, 낡

은 육신은 이 섬의 검고 푸석한 흙에 묻히게 될
터이다.

5

한은 스웨터를 대충 걸치고 현관문을 나선다. 바깥 기온은 의외로 푸근하다. 여느 때처럼 신문은 쪽문 아래 잔디밭에 떨어져 있다. 사흘 치 분량을 비닐로 싼 묶음이 제법 두툼하다. 신문을 집어 들고 되돌아 나오던 한은 문득 발을 멈춘다. 마당 모퉁이에 놓인 개집이 비어 있다. 그러고 보니 방금 전 현관문 소리에도 전혀 기척이 없었다.

이걸 어쩌나. 또 목줄이 풀린 게 틀림없다. 한은 잰걸음으로 마당을 가로지른다. 지난번에도 담을 뛰어넘어 가출한 녀석을 찾아다니느라 한바탕 곤욕을 치렀던 것이다.

건물 모서리를 막 돌아서는 순간 그는 주춤하고 멈춰 선다. 저만치 담장 모퉁이 그늘에서 개는 신나게 꼬리를 흔들고 있다. 목줄이 풀린 건 아니다. 그런데 뭔가 이상하다. 개의 시선과 신경은 온통 맞은편 담장 쪽, 허공을 향해 있다. 영락없이 누군가와 함께 신나게 장난이라도 치듯, 개는 저 혼자 그 기이한 놀이에 완전히 집중해 있다. 허공을 향해 연신 꼬리를 치고, 혓바닥으로 핥아대고, 경중경중 뛰어오르고, 뱅글뱅글 맴을 돌기까지 한다. 눈앞의 그 희한한 광경에 놀라 그는 한참을 엉거주춤 서서 지켜본다.

"망고, 뭐 하는 거야. 이리 와, 망고!"
큰 소리로 부르자 뒤늦게 주인의 존재를 알아차린 개는 화들짝 달려와 한의 무릎 사이로 파고든다. 한은 쭈그려 앉아 손으로 개의 목덜미를 쓸어준다. 개의 양쪽 눈을 유심히 들여다보고, 몸 여기저기까지 살펴본다. 이상한 점은 없는 듯하다.

'대체 이 녀석이 뭘 보았기에 그러는 걸까. 뭔

가가 여길 왔다 갔었나?'

그는 고개를 들어 텃밭 주변을 재차 유심히 살펴본다. 서쪽 담장에 붙은 그 좁은 텃밭은 겨울철이라 휑하니 비어 있다. 올해도 봄이 되면 부부는 거기에 상추와 고추를 심을 것이다.

'거참, 희한하네. 인간처럼 개들에게도 정신분열증 같은 게 있나?'

그는 아직 어안이 벙벙하다. 사실 개의 기이한 행동은 이번이 처음은 아니다. 지난여름, 한밤중에 잠이 깨서 우연히 창문을 열었다가 한은 처음 그 광경을 목격했다. 방금 전과 똑같은 모습이었다. 달빛 환한 마당에서 개 혼자 벌이는 그 한밤의 팬터마임은 기이하고 왠지 섬뜩한 느낌이었다. 그 후로도 비슷한 일이 두어 번 있었지만, 오늘처럼 눈앞에서 자세하게 지켜본 건 처음이다.

참, 그러고 보니 이상하네. 매번 이 자리에서였잖아. 한 가지 의문이 퍼뜩 그의 뇌리를 스친다. 그랬다. 매번 여기였다. 산책길에선 개의 그런 모습을 본 기억이 전혀 없다.

<u>끄</u>악, <u>끄</u>아악.

요란한 새 울음소리에 움찔 놀라며 한은 고개를 쳐든다. 까치 두 마리가 머리 위 허공에서 천천히 맴을 돌고 있다. 이내 두 녀석은 담장 밖 키큰 구실잣밤나무 우듬지에 차례로 내려앉는다. 큰 몸집에 온통 검은 털빛인 그 한 쌍은 지난해 봄부터 그 작은 숲에 둥지를 틀었다. 유난히 크고 사나운 녀석들의 울음소리 때문에 그들 부부는 요즘도 깜짝깜짝 놀랄 때가 있다. 이제 두 녀석은 우듬지 끝에 나란히 앉아 부리로 깃털을 다듬고 있다.

한은 허리를 펴고 일어나 담장 너머 숲 언저리를 새삼스레 주시한다. 교실 한 칸 넓이인 그 작은 숲의 한쪽 면은 그의 집 서쪽 마당과 붙어 있다.

이 순간, 숲은 고요하다. 우물 속 같은 무거운 정적이 감돌고 있다. 허공으로 뻗은 칙칙한 나뭇가지들. 썩은 거목의 둥치. 칡넝쿨에 뒤덮인 돌무더기들. 그것은 한 장의 낡고 빛바랜 흑백사진 같다. 하나같이 넓고 잘 관리된 귤밭 사이에서 그 작은 숲만이 흡사 혹덩이처럼 생뚱맞게 도드라져 보인다.

그는 텃밭을 지나 담쟁이넝쿨 무성한 돌담 앞까지 천천히 다가간다. 시커멓게 썩은 고목 둥치가 그의 시야를 불쑥 가로막는다. 그것은 오래전 벼락을 맞아 쓰러진 수백 년 묵은 팽나무의 밑동 부분이다. 주위엔 구실잣밤나무, 동백나무, 녹나무 따위 잡목들이 한데 어지러이 뒤섞여 자라고 있다.

고목 둥치의 높이는 4, 5미터 정도지만, 그 둘레는 지금도 굉장하다. 어른 서넛이 양팔을 한껏 펼쳐야 얼추 감싸 안을 수 있을 성싶다. 오래전 낙뢰와 함께 불에 탔거나 그슬린 것일까. 그것의 검게 썩은 몸체를 마른 버섯이며 넝쿨들이 그물처럼 휘감은 채 기어오르고 있다.

6

"여보, 난…… 왠지 저게 자꾸만 마음에 걸려요."

"저 고목 둥치 말이오? 왜, 난 오히려 운치가 있어 맘에 드는데. 뭔가 신비스럽고 독특한 분위기가 상상력을 자극하는 거 같잖아?"

아내의 움츠러든 눈빛엔 까닭 모를 두려움과 불안감이 어른거렸다. 그럼에도 한은 짐짓 밝은 목소리로 대꾸했다.

"저 칙칙한 나무들 밑에 쌓아놓은 돌무더기는 또 뭔지 모르겠어요. 혹시 예전에 무덤이 있던 자리 같지 않아요?"

"원, 무슨 말도 안 되는 소리야. 그만 좀 해둬요."

마지막으로 잔금을 치르고 난 날이었다. 아내로선 처음으로 집 구경을 하는 날이기도 했다. 그동안 서울과 섬을 오가며 살 집을 알아보고, 구입을 결정하고, 계약을 하는 일까지를 한이 도맡아 처리했던 것이다.

아내는 정작 집 자체에 대해선 별 불만이 없는 눈치였다. 그런데 마당을 한 바퀴 둘러보고 나서 돌연 낯빛이 어두워졌다. 찜찜한 기색을 드러내며 아내가 그 숲을 손으로 가리켰을 때, 한은 공연히 화를 냈다. 실은 자신 역시 그 숲이 은근히 마음에 걸렸기 때문이다.

어쩌면 첫날의 인상 탓이었는지도 모른다. 중개인의 안내로 처음 이 집에 들어섰을 때, 그는 눈이 번쩍 뜨이는 기분이었다. 앞서 둘러본 집들하곤 전혀 달랐다. 마당이 다소 좁아 뵈는 점 말고는 다 마음에 들었다. 집주인은 서귀포에서 노래방 사업을 한다고 했다. 노부모가 차례로 세상을 뜬 뒤로는 오랫동안 비워둔 눈치였다. 마당엔 풀이 더부룩했으나 20년 된 농가치고는 보존 상태도 양호했다. 그날로 당장 계약을 했다.

한 달 후 중도금 치르는 문제로 재차 방문했을 때에야 그는 그 작은 숲의 존재를 뒤늦게 인식했다. 잘 관리된 귤밭 지대 한 귀퉁이에 불쑥 돌출한 그 검게 썩은 고목의 둥치는 아무래도 흉물스러웠고 봉분처럼 쌓아 올린 돌무더기는 몹시 음산해 보였다.

어째서 저 작은 공간만 유독 저렇게 쓸모없이 남겨둔 것일까. 주인 없는 땅인가. 설마 저 이상한 돌무더기는 예전부터 있던 무덤 같은 건 아니겠지.

"이전에 혹시 저 자리에 집이 있었습니까?"

그는 중개인에게 물었다.

"그럴 리가요. 보시다시피 이 일대 전체가 농지 잖습니까. 여직까지 한 번도 부정 탄 적이라곤 없는, 진짜 깨끗한 땅입니다."

중개인은 정색을 하고 말했다. 그는 그럼 부정 탄 땅은 어떤 땅을 의미하는 거냐고 물으려다 그만두었다.

"그런데 저기 잔뜩 쌓여 있는 돌무더기들은 뭔가요? 내가 보기엔, 허물어진 담장이나 집 건물에서 나온 돌들 같은데."

"아, 그거요. 밭담이라고, 여기선 어디나 밭 주위를 빙 둘러서 경계 담을 칩니다. 저것도 아마 정비 작업 때 밭담이라든가 땅에서 나온 것들을 그냥 한데 모아다 쌓아놓았을 겁니다. 거, 사장님께서 복이 많으신 모양이지요. 마당 한쪽에 근사한 정원이 공짜로 딸려 온 거나 마찬가지 아닙니까, 허허."

"이 마을에 관해선 많이 알고 계신가요?"

미심쩍게 너스레를 떠는 중개인에게 그는 물었다.

"솔직히 말씀드리면, 제가 여기 출신도 아닌데다 알기야 하겠습니까. 그간 이쪽 지역에서 계약을 몇 건 성사시켜본 경험이 있어서요, 허허."

중개인은 그제야 겸연쩍은 표정으로 웃었다. 하지만 그 웃음마저 뭔가를 감추고 있는 듯이 느껴져 그는 여전히 마음 한구석이 찜찜했다.

7

최근에야 그 팽나무 둥치와 작은 숲에 대한 궁금증이 다소 풀렸다. 한은 읍내 도서관 '향토자료실'에서 우연히 『제주도 여성문화유적』이라는 책을 발견했다. 제목이 특이하다 싶었는데, 우물이나 토속신앙 따위 일상생활에서 여성과 밀접하게 연관된 공간들을 조사하고 소개해놓은 책이었다.

망월리 편은 몇 장의 흑백사진과 함께 간략한 설명이 붙어 있었다. 마을 동쪽 해안가와 언덕 기슭에 각기 위치한 우물과 빨래터의 사진, 그리고 또 다른 사진에는 놀랍게도 '마을 동쪽에 있었던 폭낭의 웅장했던 옛 모습'이라는 해설이 붙었다. 바로 집 옆의 그 팽나무가 분명했다. 그 오래된 사진 속의 팽나무는 실로 웅장하고 늠름한 거목의 자태를 드러내고 있었다.

한은 그 장대한 나무와 지금의 흉물스러운 둥치가 실제로 하나의 몸체였다는 사실이 잘 믿기지 않았다. 그 사진엔 이런 설명이 붙어 있었다.

망월리의 대표적인 여성문화유적은 망월지폭낭할망당이다. 폭낭(팽나무)은 수령 400년으로 추정되는 바, 높이와 둘레가 매우 장대한 신목神木으로 마을을 수호하는 여신이 정좌한 곳이다. 특이하게도 이곳엔 당집은 없고 제단만 있었다. 망월지폭낭할망당은 특별히 임산부와 어린아이들을 지켜주는 수호신으로 널리 알려져서, 멀리 서귀포나 대정, 성산에서까지도 부녀자들이 찾아와 굿과 치성을 드렸다고 한다. 그러나 1961년 낙뢰를 맞아 크게 훼손되어, 현재는 애석하게도 밑동 일부만 남아 있을 뿐이다……

8

망고가 제집 앞에서 낑낑대기 시작한다. 밥을
달라고 보채는 소리다. 아 참, 내가 깜박하고 있
었군. 사료를 내오려고 텃밭을 몇 걸음 빠져나오
던 그는 한순간 주춤 멈춰 선다. 불현듯 가슴이
철렁 내려앉는다. 목덜미께로 뭔가 서늘하고 음
산한 기운이 마치 뱀처럼 획 하고 스쳐 지나가는
느낌. 아니, 마치 누군가 등 뒤에 숨어서 이쪽을
줄곧 지켜보고 있는 것만 같다.

그는 재빨리 돌아서서 텅 빈 주변을 살펴본다.
순간 맞은편 돌담에서 얼핏 반짝이는 이상한 빛

하나가 그의 시선을 낚아챈다. 처마 밑이라 그늘이 드리워진 그쪽 담장은 늘 어둡다. 저게 무엇일까. 검은 현무암 덩어리들 틈에서 푸르스름한 빛으로 반짝이는 아주 작은 물체. 너무 작아서 하나의 점처럼 보이는 그것은 분명 깜박깜박 움직이고 있다.

'깨진 유리 조각일까. 아니면 반딧불인가. 설마. 이런 대낮에 반딧불이 보일 리가 없지.'

그는 조심스레 다가간다. 담장 앞에 쭈그려 앉아 고개를 꼬아 보다가, 이번엔 돌 틈에 얼굴을 바싹 들이댄다. 어둠 속에서 뭔가 푸르스름한 빛이 언뜻 비쳤다가 사라진 것도 같다. 그러고는 이내 다시 깜깜하다. 단지 먹물 같은 어둠뿐이다. 그는 돌담 틈에 이마를 바짝 붙인 채 숨을 죽인다. 두 눈을 연신 깜박이며 돌 틈에 작은 우물처럼 고여 있는 칠흑의 어둠을 뚫어져라 응시한다.

아. 별안간 그는 낮은 신음 소리를 토해내며 황급히 돌담에서 몸을 떼어낸다. 도망치듯 허둥지둥 텃밭을 벗어 나온 그의 얼굴이 허옇게 질려 있

다. 그는 돌담을 바라보며 비로소 허탈한 웃음을
흘린다. 그에게는 남들이 모르는 트라우마가 있
다. 돌담 사이 깜깜한 구멍 속을 들여다보려 하다
니. 참으로 바보 같은 짓이었음을 그는 뒤늦게 깨
닫는다.

　방금 전 그 돌담 틈새에서 대체 그는 무엇을 보
았던 것일까.

　개의 먹이통과 물그릇을 새로 채워준 다음 한
은 거실로 돌아온다. 그리고 유리창 너머로 개의
동태를 유심히 지켜본다. 유기견으로 거리를 떠
돌 때 몸에 밴 습성인지, 녀석의 식탐은 실로 대
단하다. 며칠 굶은 것처럼 허겁지겁 먹는 모습이
평소하고 똑같다. 조금 전의 그 기이한 모습은 흔
적도 없다. 한은 혼자 고개를 저으며 생각한다.

　'아니야. 그건 어쩌면 개들의 독특한 습성인지
도 몰라. 지루함과 답답함을 견디느라 가끔은 저
혼자 그런 묘한 짓을 하며 노는 게 아닐까.'

　그사이 혓바닥으로 밥그릇을 마저 싹싹 핥아낸
다음, 개는 제집으로 들어가 벌렁 드러눕는다. 이

제부터 정오까지 녀석은 정신없이 곯아떨어질 터이다.

한은 소파에 앉아 한동안 심호흡을 해본다. 두 눈을 감고 손바닥으로 얼굴을 여러 번 쓸어내리기도 한다. 놀란 가슴은 쉬이 가라앉질 않는다. 한순간 온몸을 덮쳐오던 그 기이한 공포로부터 그는 채 깨어나지 못한 상태다. 조금 전 돌담 구멍 속에서 마주친 그것은 무엇이었을까. 아니, 정말로 내가 뭔가를 보긴 본 것인가. 사실은 환각이 아니었을까. 방금 전의 일인데도 머릿속이 혼란스럽다. 그는 기억을 명확히 되살리려 정신을 집중한다.

그 돌담 틈새에 고여 있던 칠흑 같은 어둠. 그 어둠이 품고 있던 차갑고, 축축하고, 미끌미끌한 공기. 그리고 그것들이 함께 풍겨내는 독특한 냄새를 그는 기억해낸다. 그것은 폐가의 어두운 마루 밑이나 고서의 책갈피에서 나는 냄새, 고대의 지하 묘지나 동굴 안에 고여 있을 법한 어떤 냄새를 떠올리게 했다.

그 틈새의 어둠 속에서 찰나에 얼핏 떠올랐다 사라져버린 아주 작고 푸르스름한 빛을 그는 다시 기억해낸다. 그 흐릿한 빛을 기다리며 숨을 멈춘 채 어둠을 응시하고 있던 순간, 바로 그 일이 일어났다. 눈앞의 작은 구멍은 순식간에 거대한 동굴의 아가리로 변해 그를 한입에 삼킬 듯 다가왔다. 그 순간 그는 분명히 들었던 것이다. 숨소리였다. 낮고 규칙적으로 흘러나오는 누군가의 숨소리.

저도 모르게 한은 두 주먹을 힘껏 움켜쥔다. 아니다. 사실은 이미 오래전부터 그는 그것들을 알고 있었다. 오래전의 그 어둠과, 냄새, 숨소리를 그는 다시금 지금까지도 또렷이 기억하고 있는 것이다. 그는 손바닥으로 자신의 얼굴을 쓸어내린다. 오래도록 잠잠하던 트라우마의 덫에 자신이 또 한 번 사로잡히고 말았다는 사실을 그는 깨닫는다.

구멍, 동굴, 우물, 그리고 심해의 어둠.

그의 트라우마와 연관된 실마리는 매번 그런 것들이다.

9

한의 고향은 남해안의 작은 섬이다.

섬 지역은 원래 어디나 물이 귀한 법이다. 한의 고향 섬은 유독 그랬다. 산이라 부를 만한 것도 없이 섬 전체가 평평하고 밋밋한 지형인 탓이었다. 그의 마을 한가운데엔 주민들에겐 생명수나 다름없는 유일한 공동 우물이 있었다.

육지로부터 멀리 떨어진 그 섬엔 전기가 들어오지 않았다. 해가 지면 온통 칠흑 같은 어둠에 묻혀버리는 까닭에 사람들은 으레 저녁밥을 먹자마자 일찌감치 잠자리에 들곤 했다. 호롱불을 밝히는 데 쓰이는 등유는 금싸라기처럼 귀하게 아껴야 했다.

아침은 언제나 그 우물가에서 시작되었다. 동이 트자마자 물동이를 머리에 인 부녀자들부터 손에 주전자를 든 계집아이들까지, 온 동네 여자들이 한꺼번에 그곳으로 모여들었다. 텀벙 텀버덩, 물 위에 두레박 떨어지는 소리. 좍좍, 항아리에 물 쏟아붓는 소리. 분주한 발걸음 소리. 누군가의 걸쭉한 우스갯소리에 와자하니 터지는 웃음소리…….

한의 집은 공동 우물과 가까운 위치여서, 한은 매일매일 새벽잠에 취한 채 이불 속에서 그런 온갖 소리들을 두 귀로 아슴아슴 헤아리곤 했었다.

유년기의 한은 그 우물터에서 혼자서 곧잘 시간을 보내곤 했다. 새벽녘과 해 질 무렵 말고는 우물터는 늘 비어 있었다. 한은 우물 안을 들여다보기를 무척 좋아했다. 돌로 견고하게 쌓아 올린 우물 가장자리는 어른의 가슴 높이였다. 아이들은 양 발끝을 한껏 세워야 가까스로 목을 꺾어 우물 안을 내려다볼 수가 있었다.

대여섯 살 때였을까. 어느 초가을 오후를 그는 지금도 또렷이 기억한다. 우물가엔 그 혼자뿐이다. 가까운 집들도 조용하고, 골목도 조용하고, 온 마을이 다 조용하다. 돌담에 몸을 기댄 채 발끝으로 서서 그는 우물을 내려다본다. 둥글게 파인 우물 안쪽 벽은 항상 검푸른 이끼 풀이 자라고, 습기를 머금어 눅눅하면서도 서늘한 기운이 감돈다. 밑바닥은 까마득히 깊어서 고인 물은 눈에 비치지 않는다. 어둠. 오직 깊이를 헤아릴 수 없는 깜깜한 어둠만 괴괴하게 고여 있다. 그 둥근 구멍은 한에겐 마치 지하 저편의 또 다른 세상으로 이어지는 비밀의 통로 같기만 하다.

그는 우물 안으로 한껏 얼굴을 내밀고 두 눈을 크게 떠 어둠의 핵심을 들여다본다. 똑, 또옥, 똑, 또옥. 안쪽 벽의 이끼 풀에 맺혀 있던 물방울들이 수면 위로 떨어져 내리는 소리가 들린다. 이내 그 소리와 함께 들려오는 또 다른 소리.

흐으, 흐으, 흐으.

숨소리다. 누군가의 가쁜 숨소리가 우물 안에
서 커다랗게 공명하며 점점 올라오고 있다. 한은
숨이 점점 가빠오고 두 눈이 휘둥그레진다. 그 기
괴한 숨소리와 함께 우물 구멍은 점점 크게 늘어
나더니, 순식간에 거대한 괴물의 아가리로 변해
그의 몸뚱이를 한입에 집어삼킨다.

그는 어느 틈에 우물 밑바닥 수면 위에 둥둥 떠
있다. 주위엔 이미 사람들로 가득하다. 시신들이
다. 산 사람은 아무도 없다. 무섭고 흉측한 몰골
의 시신들이 그의 눈앞으로 끊임없이 둥둥 떠내
려오고 있다……. 비명도 없이 어린 한은 우물터
바닥에 쓰러진다. 누군가 다급하게 이름을 부르
며 달려오고 있음을 그는 어렴풋이 느낀다.

10

안녕, 아저씨.

내가 누구냐고?

아 참, 아저씬 우릴 모르지. 우리들 이름도 모
르고, 나이도 모르고, 얼굴 모습도 모르지. 심지어
우리가 어디에 있는지조차 알지 못하잖아.

그 이유를 사람들은 항상 이렇게 말하지. 그건
우리가 보이지 않기 때문이라고. 당신들의 눈에
우리가 보이지 않으니까 우리를 모를 수밖에 없
는 거라고. 보이지 않으므로 우리가 누구인지, 어

디에서 지내는지, 왜 떠나지 않고 이런 음산한 곳
에 머물러 있는지 모르는 거라고.

그리고 또 이렇게 거리낌 없이 말하지. 당신들
의 눈에 보이지 않으므로, 우리는 애초에 존재하
지 않는 거라고. 우리는 그저 혼란한 생각과 공허
한 마음이 만들어내는 허황한 그림자에 지나지
않을 뿐이라고. 설사 존재한다고 치더라도 안개,
수증기, 아지랑이 따위처럼 아주 미미하고 하찮
고 있으나 마나 한 것에 지나지 않는다고.

하지만, 그건 아니야.
우린 이렇게, 당신들 눈앞에 존재하고 있어.

그럼에도 당신들은 우릴 알아보지 못하지. 왜
냐면 당신들이 애초에 우릴 보려고 하지 않기 때
문이지. 보려 하지 않으므로 보이지 않고, 보이지
않으므로 우리에 대해 아무것도 알지 못하는 거
야. 애당초 들으려 하지 않고 느끼려 하지 않으므
로, 우리의 목소리를 듣지 못하고 우리의 존재를
느낄 수가 없는 거야.

하지만 우린 당신들을 이미 잘 알고 있어.

당신이 누구인지, 어디서 왔는지를 우린 훤히 알고 있어. 당신이 지나쳐 온 시간들과 앞으로 마주하게 될 시간까지 우린 모두 알 수 있어. 지금 당신이 하는 일, 당신이 하는 말, 당신의 마음속 생각까지도 다 알고 있어.

왜냐고?

우리는 언제나 어디서나 당신 곁에, 당신들과 함께 있기 때문이지.

내 이름은 몽희야, 고몽희.

이쪽은 우리 오빠 몽구. 또 얘는 내 동생 몽선이야.

아니 아니야. 내 왼쪽 동그란 돌 틈에 있는 애가 동생이고, 오른쪽 세모난 돌 틈에서 자고 있는 게 몽구 오빠라니까.

몽구 오빠 여덟 살, 몽선이는 겨우 다섯 살이야. 그리고 난 아직도 일곱 살이고.

언제부턴가 우리 셋은 다 같이 그 나이에 영영

멈춰버리고 말았지. 앞으로도 영영 나이 따윈 먹지 않게 될 거야. 언젠가 엄마가 우리한테 그렇게 말했거든. 사람은 누구나 한 번 꽃송이가 되어 떨어지고 나면, 그때부턴 더는 나이를 먹지 않는 법이라고 말이야.

그래, 그 때문이야. 수많은 날들이 흘러갔지만, 그때나 지금이나 오빠 여덟 살, 몽선이는 다섯 살, 그리고 난 여전히 일곱 살인 거야.

그러니까 이 말은 일곱 살 때 내가 꽃이 되어 떨어졌다는 뜻이야. 물론 몽구 오빠랑 몽선이도 똑같이 꽃이 되었지. 한날, 한시에, 한곳에서 우리는 함께 꽃이 된 거라고.

11

그날이 정확히 언제였는지는 나도 잘 모르겠
어. 그 커다란 불덩이를 본 이후, 아주 많은 시간
이 흘러갔어. 해가 뜨고 별이 지고, 아침이다가
밤이다가…… 처음 한동안은 제법 열심히 헤아
렸는데, 금세 지쳐서 그만두고 말았지. 난 그때도
아직 일곱 살이었고, 셈이라곤 손가락 딱 열 개까
지만 헤아릴 수 있었으니까. 그나마 우리 셋 중에
서 열까지 셀 줄 아는 건 나뿐이었지. 몽구 오빠
말도 제대로 못하고, 자기 나이가 여덟 살인 줄조
차 모르는걸 뭐.

아, 꽃이 된다는 건 무슨 뜻이냐고?

그건 엄마가 나한테 가르쳐주신 거야. 초등학교 운동장에 마을 사람들이 모두 모였던 그날 말이야.

이른 아침이었어. 집 안엔 단 한 사람도 남아 있어선 안 된다고 해서, 아기 업은 어멍들이랑 지팡이를 쥔 꼬부랑 할망과 하르방들까지 몽땅 모였지. 엄마는 낯빛이 잔뜩 질려 있었지만 몽구 오빠랑 몽선이는 싱글벙글했어. 둘은 무슨 운동회라도 열리는 줄 알았을 거야.

총 든 군인들이 우리들을 빙 둘러싸더니, 이름을 차례로 불러 어른들을 끌어냈지. 한마을 사람들이지만 내가 아는 얼굴도, 잘 모르는 얼굴도 있었어.

엄마 옆에 웅크리고 앉아서 나는 구령대 앞으로 불려 나간 사람들을 손가락으로 헤아려봤어. 하나, 둘, 셋…… 아홉, 열. 그러곤 처음부터 다시 하나, 둘……. 군인들은 그 사람들을 사철나무 울타리 앞으로 데려가더니, 땅바닥에 한데 주저앉

했어. 따다닥. 따다닥. 그런 어느 순간, 느닷없이 터져 나온 엄청난 총소리에 놀라 우리는 손바닥으로 귀를 꽉 틀어막았지.

"보지 마. 보면 안 돼!"

별안간 엄마가 우리를 와락 그러안고 땅바닥에 엎드렸어. 하지만 난 이미 다 보았어. 허깨비처럼 픽픽 쓰러진 사람들의 몸뚱이에서 팥죽 같은 검붉은 피가 벌컥벌컥 쏟아져 나왔지. 나는 온몸이 벌벌 떨리고 머리털이 곤두서는 것 같았는데, 몽구 오빠 입을 벌리고 히죽히죽 웃고 있었어. 난 놀라서 엄마 어깨를 흔들며 작은 소리로 말했지. 엄마 엄마, 저거 봐. 사람들이 죽었어. 다 죽었어. 군인들이 죽었어. 모두 다 죽었어……. 그 순간 엄마가 손바닥으로 황급히 내 눈과 입을 틀어막으며 다급하게 속삭였어.

"안 돼. 보지 마. 너 같은 아이들은 저런 끔찍한 모습을 봐선 안 돼. 아아, 사람이, 사람한테, 사

람이, 사람을……. 얘들아. 너희들은 절대로 봐
선 안 돼. 너무 많은 죽음을 본 사람은 장차 세상
을 온전히 살아갈 수가 없어. 사람들 속에서, 온
전한 한 사람으로, 다시는 살아갈 수가 없게 돼.
몽희야, 엄마가 하는 말 잊지 마. 지금 저 사람들
은 죽은 게 아니야. 진짜로 죽은 게 아니라고. 그
러니까 너 같은 어린아이들은 이제부턴 절대로
죽는다, 죽었다, 죽인다, 죽였다, 라고 말해선 안
돼. 그건 틀린 말이야. 저 사람들은 죽은 게 아니
야. 그냥 꽃송이가 되어 땅에 툭 하고 떨어진 거
란다. 사람들이 아니라 꽃이, 꽃들이 떨어지고 만
거야. 그냥 동백꽃이야. 그냥 유채꽃, 그냥 무꽃,
그냥 제비꽃이야. 몽희야, 알겠니? 그러니까 너도
이제부턴 그렇게 말해야 돼. 그렇게 믿어야 해.
그렇게 기억하고, 그렇게 믿어버려야만 해. 그래
야만 앞으로 이 세상에 살아남을 수 있어. 그래야
만…… 아아."

엄마는 우리 셋을 그러안은 채 꼭 실성한 사람
처럼 흐느끼며 혼자 그렇게 끝없이 중얼거렸어.

하도 힘껏 끌어안는 바람에 난 숨이 막힐 것만 같았지.

하지만 그날 우리가 본 것이 전부가 아니었어. 그날부터 더욱더 끔찍하고 무서운 광경이 우리를 기다리고 있었어. 우리 동네 월산리에서도 보고, 오름에서 오름으로 끊임없이 도망쳐 다닐 때도 보고, 용천포 마을로 내려와서도 보았어. 내 열 손가락만으론 아예 다 셀 수도 없었어. 너무나 많은 사람들이 꽃이 되어 떨어지고, 떨어지고, 또 떨어지고……. 나는 그 광경을 내 두 눈으로 보고, 보고, 또 보았어.

그러던 어느 날 한밤중에 아빠가 소리 없이 나타났어. 꿈을 꾼 게 절대로 아니야. 머리랑 수염이 더부룩하고 몸에선 고약한 냄새가 났어. 난 너무나 반가웠지만 엄만 우리들 머리를 한사코 이불 속으로 밀어 넣었어. 하지만 아침에 눈을 떠보니 아빠는 보이지 않았어. 그리고 마침내 엄마도 어디론가 끌려가서는 지금껏 돌아오지 않고 있어.

"몽희야. 엄만 금방 돌아올 테니까, 그동안 망월리 고모네 집에 가서 기다리고 있어. 알았지? 엄만 이틀 밤만 자고 나면 돌아올 거야. 다른 데 절대로 가지 말고, 망월리 고모네 집에서 오빠랑 동생 잘 보고 있어야 해."

군인들을 따라 집을 나서기 전에 엄마는 내 손을 잡고 빠르게 말했어. 난 몇 번이나 고개를 크게 끄덕이면서 그러겠다고 엄마랑 약속을 했어. 엄마, 엄마. 울음을 터뜨리는 몽선이랑 오빠를 달래면서도 난 끝까지 울지 않았어.

우리는 망월리 고모네 집으로 올라가서 엄마 아빠를 기다렸지. 고모네 집엔 아무도 없었어. 고모랑 고모부 그리고 춘하 언니까지 며칠 전에 모두들 제주시로 피난을 갔다고 했어. 우리는 용천포로 다시 터덜터덜 돌아왔어. 커다란 양철집 앞에 쭈그려 앉아 온종일 목을 빼고 기다리는 우리를 보고 맘씨 나쁜 이웃집 어멍은 말했지.

"그렇게 기다려봤자 니들 어멍은 인자 다시는

안 돌아온다. 진즉 죽었다니까."

"거짓말. 거짓말이야. 엄만 죽지 않았어. 아빠도
죽지 않았어."

난 일부러 몽구 오빠랑 몽선이 들으라고 잔뜩
사납게 소릴 질렀지.

그제야 엄마의 말이 퍼뜩 떠올랐어. 아이들은
절대로 죽는다, 죽었다, 라고 말해선 안 된다고,
그건 틀린 말이라고, 우리가 본 그 많은 사람들은
그냥 꽃이 되어 땅에 떨어진 것이라고…… 그러
나 난 이미 알고 있었지. 아빠도 벌써 꽃이 되었
다는 사실을. 언젠가 엄마랑 구장 어른이랑 마당
에서 나누는 얘기를 엿들었거든. 그날 엄마는 우
리 셋을 부둥켜안고 밤새 울고 또 울기만 했어.
울음소리가 새 나갈까봐 이불을 머리끝까지 둘러
쓴 채로.

하지만, 이젠 그런 것들은 조금도 중요하지 않
아. 그사이 밤과 낮이 수천수만 번 흘러갔거나 말
거나 우리하고 무슨 상관이야? 우리한테 진짜 중
요한 건 엄마니까. 엄마가 돌아올 때까지 우린 여

기서 기다려야 하니까. 엄마는 꼭 돌아올 거야.
엄마랑 나랑 그렇게 분명히 약속했거든.

12

우리는 오래전부터 여기서 살고 있어.

그러니까 이 작은 숲이 우리 집이야. 예전엔 바로 저쪽에 고모네 집이 있었지. 그날 엄청난 불덩이가 덮치는 바람에 고모네 집은 까맣게 타서 없어져버렸어. 그때부터 우린 이 숲으로 옮겨 와 머무르게 된 거야. 여기 있으면 엄마가 우리를 금방 찾아낼 수 있을 테니까.

이 숲과 당신의 집 뒷마당 돌담 언저리에서 우리들은 대부분의 시간을 보내지. 우리가 세상에서 가장 싫어하는 건 바로 햇빛이야. 아주 가느다란 햇빛조차도 우린 견디기가 힘들거든. 그래서 낮엔 그늘 속에 꼭꼭 숨었다가, 해가 지고 어둠이 깔리면 그제야 슬슬 밖으로 나와서 움직이기 시작하는 거야.

이 숲엔 우리뿐만 아니라 다른 식구들도 함께 살고 있어. 까마귀쪽나무엔 시끄러운 까치 부부가 살고, 녹나무엔 박새들 가족이, 생달나무엔 큰오색딱따구리 부부가 살지. 팽나무 둥치의 마른 뿌리 틈엔 다람쥐가, 돌무더기 근처엔 꿩 한 쌍과 도롱뇽 가족이 살고 있어. 그들 모두는 내 친구들이야. 딱 한 녀석, 까치독사만 빼고. 그 고약한 녀석이 제멋대로 숲에 들어와 자리를 잡은 건 바로 얼마 전이야. 난 그 녀석이 정말 싫어. 몽선이는 보기만 해도 온몸을 바들바들 떠는걸. 그런데도 오빠는 그 녀석 앞에서 실실 웃기만 하지.

우린 밤마다 어둠 속에서 여기저기 쏘다니기를 좋아하지. 그렇지만 마을을 멀리 벗어날 수는 없어. 너무 멀리까지 나갔다간 길을 잃어버리고 말 테니까. 새벽이 되면 우린 서둘러 잠자리를 찾아

들어가야 해. 우리들에겐 햇빛이 안 드는 어둡고, 아늑하고, 서늘한 곳이 꼭 필요해. 그런 곳이어야 만 낮 동안 안전하게 잠들 수 있으니까.

우린 그런 잠자리를 몇 군데 알고 있는데, 그 중에서도 당신의 집 뒷마당, 이 돌담 틈새를 가장 좋아해. 왜냐고? 물론 사람들 눈에 띌까 좀 겁정스럽긴 하지만…… 사실은 우리가 망고를 진짜 너무 좋아하거든.

정말이지 망고만큼 귀여운 강아지는 어디에도 없을 거야. 밤새도록 망고랑 함께 신나게 놀다 보면 어느 틈에 새벽이 와 있곤 해. 해가 나오지 않는 흐린 날엔 오빠랑 몽선이는 대낮에도 강아지를 찾아가겠다고 마구 떼를 쓴다니까. 하지만 그건 무척 위험하거든.

조금 전만 해도 하마터면 당신에게 우리 정체를 들켜버릴 뻔했잖아. 아까는 정말이지 깜짝 놀랐어. 당신이 별안간 얼굴을 들이밀고 나를 뚫어 져라 쏘아보았을 때 말이야. 물론 대부분 사람들은 우리를 전혀 알아보지 못하지. 그렇지만 아주 드물게, 우리들의 은밀한 기척을 어렴풋이나마 알아차리는 사람들이 있거든.

당신도 바로 그런 특별한 눈을 가지고 있는 사람인 것 같아. 보이지 않아도 알아볼 수 있는 눈. 보지 않아도 느낄 수 있는 눈.

당신이 그 뚱뚱한 남자와 함께 두 번째로 이 집을 찾아왔을 때, 난 그 사실을 금방 알아차렸지. 마당에서 당신은 몇 번이나 걸음을 멈추고 뒤를 유심히 돌아다보곤 했어. 매번 정확히 우리가 있는 쪽을 말이야. 혼자서 길을 걷다가 자꾸만 뒤를 돌아보는 사람. 그건 십중팔구 특별한 눈을 가진 사람이라는 표식이야.

그때 자꾸자꾸 뒤를 돌아다보는 당신의 두 눈 속에서 난 텅 빈 구멍 하나를 보았어. 한없이 깊고 캄캄한 어둠의 동굴. 그 커다란 구멍 속으로 수없이 많은 사람들의 모습이 보였어. 물 위를 둥둥 떠다니는 시신들. 검은 피를 흘리며 굴비처럼 줄줄이 엮여 떠내려가는 사람들. 아아, 참으로 무섭고 슬프고 끔찍한 광경이었지.

그제야 나는 당신이 누구인지 확실히 알 수 있었어. 아, 당신도 우리처럼 '아파하는 마음'이로구나. 우리는 서로가 똑같은 '아파하는 마음들'이구나. 그러기에 당신 또한 오래도록 온전히 잠들지 못하고 살아왔구나…….

그러니까 바로 그날부터였어. 우리가 당신의 집을 유심히 지켜보기 시작한 것은.

13

모처럼 날씨가 화창하다. 햇살은 맑고 밤새 스
산하던 바람도 아침이 되자 잠잠해졌다. 며칠 후
면 3월이다. 기온이 한결 푸근해진 걸 보니, 겨울
도 슬슬 떠날 채비에 들어간 성싶다. 그래도 봄이
오기 전 한 번쯤은 꽃샘추위를 겪게 되겠지.

아침식사를 마치고 한은 신문을 식탁 위에 펼
쳐놓는다. 그는 서울과 제주도에서 각기 발행되
는 신문 두 가지를 구독 중이다. 중앙지인 H신문
은 항상 하루 늦게 배달된다. 조간신문인 경우 제
주시와 서귀포시에선 당일 오후에 배달되지만,
여타 읍 단위 마을에선 꼬박 하루 뒤에 받아볼 수

있다. 구독자 수가 극히 적은 데다가 열악한 보급
망 탓에 어쩔 수 없는 모양이다.

오늘도 중앙지 주요 뉴스의 대부분은 인터넷을
통해 한이 이미 접해본 것들이다.

한은 지역신문까지 마저 대충 훑어본다. 전체
12면인 지면은 으레 뉴스와 광고가 절반씩을 차
지한다. 뉴스 대부분은 관내 지역에 관한 것들이
다. 엊그제 폭설과 한파로 인한 농작물 피해, 그
리고 갯녹음 현상으로 황폐해가는 제주 바다에
대한 것도 있다. 얼핏 「4·3 학살 암매장 유해 발
굴」이라는 기사가 눈에 들어온다.

제주도와 4·3 희생자 유해발굴사업단은 작년 8월
30일부터 12월 15일까지 제주국제공항(옛 정뜨르비
행장)에서 발굴 작업을 진행, 학살 암매장 구덩이 1식
을 확인하고 완전유해(두개골 기준 최소 개체 수) 54
구 및 유류품 600여 점을 발굴 수습해 제주대학교 의
과대학으로 운구, 임시 안치했다. 제주도는 앞으로도
유해 발굴 사업을 적극 추진하겠다고 밝혔다. 발굴 대
상은 우선 제주국제공항 일대를 비롯해 선흘리, 북촌

리, 구억리, 월산리 등 5개 지역부터 시작될 예정이다.

지역신문인 J일보엔 이런 기사가 거의 사흘이 멀다 하고 등장한다. 작년이 4·3 사건 60주년인지라, 그에 관련된 기사들이 지난 1년 내내 넘쳐났다. 그것은 해를 넘겨 현재까지도 이어지고 있다.

한은 언제부턴가 그런 기사들을 꼼꼼히 들여다보게 되었다. 사실 처음엔 조금 어리둥절했다. 매일 전혀 상이한 뉴스들로 채워지는 그 두 개의 신문만을 놓고 보자면, 육지와 이 섬은 서로 다른 시간대에 위치한 별개의 행성 같았다. 자그마치 60년 전이라니! 육지 사람들에겐 이미 까맣게 잊힌 그 먼 과거의 시간이 이 섬에선 현재형처럼 엄연히 존재하고 있었다.

시간의 흐름을 거부하는 섬. 주술에 걸린 죄수처럼 과거의 시간에 갇혀버린 섬. 타자의 망각에 의해 유폐된 섬……

한이 처음 이곳에 와서 섬에 대해 가졌던 생각이 그랬다. 실제로 그 자신 역시 지금껏 무지했다. 이 섬이 겪은 60년 전의 사건에 무지했고, 그날 이후 현재까지 섬이 겪어온 시간들에 대해 무지했다. 이 순간에도 섬 어디선가는 암매장된 유해를 찾는 작업이 이어지고, 60년이 지난 오늘도 혈육의 시신을 찾아 헤매는 수많은 이들이 존재한다는 사실은 상상조차 못 했다.

한은 언제부턴가 신문을 유심히 들여다보게 되었다. 마을 도서관에 들러 책을 대출해 오기도 했다. 어머, 웬일이에요. 당신이 이런 책에 다 관심을 갖다니. 그의 아내는 진심으로 놀란 표정을 했다. 그건 한 자신이 생각해봐도 놀라운 변화였다.

그는 지금까지 철저히 외눈박이로 살아왔다. 정치니 사회 현실 따위엔 아예 눈길조차 돌리지 않았다. 그로서는 그것이 필연적인 선택이었다. 당연히 주변에선 그를 이해 불가능한 속물쯤으로 여겼다. 그래도 그는 누가 뭐라 하건, 세상이 어떻게 돌아가건 스스로 눈과 귀를 틀어막고 안간힘을 다해가며 버텨냈다.

"민우야. 어떻게든 이 세상에서 살아남아야 한

다. 어떻게든 숨죽이고 탈 없이 살아야 쓴다이."

그의 뇌리엔 조부의 유언이 철심처럼 박혀 있었다. 대학을 졸업해 천만요행으로 사립학교 교사가 되고, 가장이 되고, 아버지가 되어서도 마찬가지였다.

그는 스스로를 수의 입은 죄수라고 여겼다. 그 수의는 자신이 태어나기 전부터 이미 준비되어 있었다. 그는 탄생과 동시에 아비의 수의를 물려받았다. 대한민국에서 연좌제는 죄의 상속제, 수의의 대물림이었다. 그는 얼굴 한 번 본 적 없는 아비의 죄를 대신 치러야 했다. 죄수에겐 애당초 선택권이 전무했다. 그러므로 조부의 유언처럼, 이 끔찍한 세상에 기어코 살아남는 것, 오로지 그것만이 그에겐 존재의 이유이자 목표가 되었다.

"가만있자, 월산리라면……."

한은 기사의 맨 마지막 줄을 무심코 들여다본다. 이내 눈앞에 풍경 하나가 떠오른다. 커다란 아름드리 팽나무 한 그루. 그 무성한 가지 아래서 있는 조야한 비석 한 개. 그리고 거기에 새겨진 글자. 잃어버린 마을 월산리.

그랬었나. 그 마을에도 집단 매장된 현장이 아직 남아 있는 모양이구나.

한은 그곳에 딱 한 번 가본 적이 있다. 지난해 가을, 우연히 나선 산책길에서였다. 폐허로 변한 지 오래인 그 마을터는 이곳에서 그리 멀지 않다. 한라산을 향해 북쪽으로 3킬로미터쯤 올라가면 만나게 되는 중산간 골짜기에 있다. 잡초 무성한 빈터, 흩어진 돌무더기들, 군데군데 밭담의 흔적만 남은 그 폐허의 잿빛 풍경을 그는 기억한다.

14

오전 열 시.

한은 외출하기 위해 옷을 챙겨 입는다. 여러 날 집 안에만 틀어박혀 지내는 사이, 냉장고 안에 채워놔야 할 것들이 하나둘 늘어났다. 오늘은 시내 마트에 들러 필요한 식료품을 구입하고, 돌아오는 길엔 도서관에 책도 반납해야 한다.

그는 자신의 소형 승용차에 올라 시동을 건다. 비좁은 골목을 천천히 빠져나오다가 저만치 앞서 걷는 노인을 발견하고 차를 멈춘다. 한 손에 지팡이를 쥔 이웃집 허 씨 할망이다.

"삼촌, 어디 감수꽈?"

그는 웃으며 일부러 어색한 사투리로 인사를 건넨다. 삼촌은 제주도 사람들이 이웃 어른들을 친근하게 부르는 호칭이다.

"난 또 누구라고. 오일장에 가볼까 하고 나서는 길입쥬."

"그런데 왜 혼자 걸어 나오세요. 용달차는요?"

"영감은 밥숟가락 놓자마자 차 몰고 휑 나갔주게. 읍내 경로당에서 무신 회의한다고."

"그럼 이 차를 타세요. 제가 모셔다드릴 테니까."

"바쁠 텐데 무신. 고맙긴 하오만, 나 말고 일행이 더 있는걸. 저거 봐. 벌써 나와서 기다리고 있주게."

할망은 특유의 무표정한 얼굴로 앞쪽을 가리킨다. 과연 한길 맞은편에 두 사람이 나란히 서서 이쪽을 바라보고 있다. 한쪽은 골목 첫 번째 집의 양 씨 할망인데, 다른 쪽은 모르는 얼굴이다.

그는 세 사람을 뒷자리에 앉히고 다시 출발한다. 필요한 물건을 꼭 마트에서 구입해야 할 이유는 없다. 오랜만에 오일장 구경도 할 겸 차라리 잘된 일이다. 이웃 노인들에게 작은 친절이나마 베풀 수 있는 기회가 생겨 그로서는 내심 반갑다. 10여 가구뿐인 작은 마을엔 노인들이 대부분이다. 이장을 맡은 50대의 박 씨 부부와 다른 두 집을 제외하곤 노부부 혹은 혼자된 노인이다.

한은 아직 주민들 가운데 절반 정도만 얼굴을 대충 기억할 뿐이다. 집들이 띄엄띄엄 흩어져 있는 데다가 예전처럼 반상회 모임 같은 게 따로 있는 것도 아니다. 게다가 일상의 생활 패턴이 피차 많이 다른 까닭에 한의 입장에선 자연스레 얼굴을 익힐 만한 기회가 별로 없다. 그러다 보니 이사해 온 지 거의 2년이 지나도록 이방인 처지에 머물러 있다. 어쩌면 정작 그 자신만 모르고 있는 어떤 투명한 벽 때문인지도 모른다. 낯선 외지인에 대한 은밀한 경계심과 이질감이 쌓아 올린 투명하고 견고한 벽.

하지만 공동체적 삶의 전통이 아직 남아 있는 섬 지역에선 그것이 일면 당연하고 자연스러운 일임을 그는 고향에서의 경험을 통해 어느 정도 이해한다. 그 벽은 쉽게 넘을 수도, 억지로 허물어낼 수도 없다는 걸 그는 알고 있다. 어차피 외지에서 온 이주민인 그에겐 상당한 시간이 필요할 터이다.

"바쁘실 텐데, 우리 같은 늙은이들 때문에 일부러 수고를 해주시네요."

뒷자리에 끼여 앉은 낯선 할망이 서울 말씨로 깍듯이 말을 건넨다. 보라색 털실 모자에 곱게 화장한 모습이 다른 두 할망에 비해 10년은 젊어 보인다.

"원 별말씀을. 그런데 처음 뵙는 분 같습니다만."

"그러게요. 초면에 신세를 지게 됐네요. 이 마을이 원래 내 고향인데, 서울 올라가 살다가 40년 만에 돌아왔어요. 지난가을에."

"아아, 그러세요. 고향에 돌아오셔서 참 좋으시겠습니다."

"그럼요. 좋고말고요. 서울은 답답해서 숨이 막히는데, 여기 오니까 진짜 살 거 같네요."

"아, 무신 소리여. 좋기는 서울이 좋주. 늙어 죽을 때까지 노동만 하는디 뭐가 좋다고 그래."

"아니라니까, 언니. 영감만 아니었으면 내가 진즉 내려왔을 거야. 아파트라는 게, 진짜 징역살이가 따로 없다니까 그래."

귀가 먹먹하도록 차 안이 한바탕 시끄러워진다. 장터까지는 차로 30분 거리이다. 그사이 한은 할망들의 관계를 대충 파악한다. 허 씨와 양 씨 할망은 75세 동갑이고, 서울 살다 내려왔다는 윤 씨가 72세다. 두 할망은 각기 다른 마을에서 시집을 왔고, 윤 씨는 이 마을에서 태어나 30년 가까이 살았다.

"오라, 학교에서 교편을 잡으셨구나. 그런데 집이 아까 그 골목 어디쯤이세요?"

윤 씨가 고개를 앞 좌석 쪽으로 비죽 내밀면서 묻는다.

"골목 맨 끝 집입니다. 폭낭 옆에 있는."

"폭낭이라고요? 아니, 그럼 예전에 불타 없어진 그 집터에다가 새로 집을 지으신 거예요?"

윤 씨가 눈을 동그랗게 뜨고 묻는다.

"거기서 불이 났었습니까?"

"으마, 모르셨어요? 그해 기축년 겨울, 그 난리 났을 때요. 토벌대가 불을 질러 가옥 대부분이 몽땅 타버렸어요. 그때 죽어 나간 사람도 많았지요."

그러고는 그 말끝에 문득 윤 씨는 혼잣말처럼 중얼거린다.

"참, 그 집에 있던 아이들은 그 뒤로 어찌 되었나 몰라."

윤 씨는 무심코 흘러나온 자신의 그 말에 뒤늦게 아차 싶은 듯, 한순간 표정이 어둡게 일그러진다. 그 표정을 한은 우연히 룸미러를 통해 알아차린다. 그러자 허 씨 할망이 윤 씨의 말을 가로막고 나선다.

"무신 소리. 이 집은 그 집이 아니라고. 거기는 뒤에 몽땅 갈아엎어서 귤밭 만들어버렸주게. 이 양반은 우리 앞집에서 산다니까. 왜, 예전에 영구 할망네가 살든 집."

"오라, 그 키 작고 성깔 사나운 할망네 집?"

"그렇다니까."

"그랬구나. 난 또 왜 하필 그 자리에다 새로 집을 들어앉혔나 했지."

15

자동차가 시 외곽에 자리한 오일장 입구로 들
어선다. 널찍한 터에 꽤 큰 규모의 장이 닷새마다
열린다. 높고 견고한 돔 지붕의 외양이 얼핏 무슨
체육관처럼 보인다. 주차장에 차를 세워놓고 일
행은 장터 안으로 들어선다. 한 시간 후에 주차장
에서 다시 만나기로 하고 그는 그녀들과 헤어진
다.

주민과 관광객이 뒤섞여, 명절 대목도 아닌데
장터는 제법 북적인다. 그는 몇 가지 야채와 과일
을 사고, 반찬 가게에서 밑반찬 두어 가지도 샀
다. 마지막으로 철물점에 들러 개 목줄을 고른다.

무단가출을 방지하려면 아무래도 연결 고리가 튼튼한 줄이 필요하다. 결국 값비싼 스테인리스 재질을 고르긴 했는데, 생각보다 제법 묵직하다. 개한테는 조금 미안하지만 마당에 내놓고 키우려다 보니 어쩔 수가 없다.

그는 라디오를 켜놓고 차 안에서 느긋하게 그녀들을 기다리기로 한다. 주차장 주위는 널따란 마늘밭이다. 무릎 높이의 밭담 귀퉁이엔 갓 피어난 유채꽃이 연노랑빛으로 환하다. 조금 있으면 섬 곳곳에선 꽃을 주제로 한 축제들이 줄줄이 이어질 터이다. 동백꽃, 유채꽃, 벚꽃, 수국……

그는 돌담 너머 바람에 하늘거리는 유채꽃을 무심히 바라본다. 문득 어젯밤 꿈속의 장면이 그 위에 겹쳐진다.

퍽이나 이상한 꿈이었다. 현실과 환상이 뒤섞인 듯 모호하고도 몽롱한 꿈. 분명 자신의 집 뒷마당이었다. 웬 어린아이 셋이 망고와 함께 놀고 있었다. 예닐곱 살 정도의 사내아이 하나, 그리고 그보다 아래인 여자아이 둘. 아이들은 망고를 에

워싸고 강강술래 하듯 뱅글뱅글 맴을 돌았다. 돌
담 위에서 깡충깡충 뛰어내리고, 두 팔을 벌려 너
울너울 춤을 추기도 했다.

꿈을 깨고 나서도 그는 한참을 어리둥절해 있
었다. 그 꼬마들은 누구일까. 이상한 일이었다. 어
째선지 아이들의 얼굴이 하나도 기억나지 않았
다. 분명히 꿈속에선 어딘지 무척 낯익은 얼굴처
럼 느껴졌었는데.

유리창을 똑똑 두드리는 소리.

윤 씨 할망의 보라색 털모자가 먼저 눈에 들어
온다. 그는 문을 열고 나가, 짐을 받아서 차 트렁
크에 넣는다. 두툼한 비닐봉지와 종이박스 하나
가 전부이다. 뒷자리에 앉자마자 윤 씨가 손에 쥔
비닐봉지를 그에게 불쑥 내민다.

"한번 맛보세요, 고소한 게 씹어볼 만해요."

들깨강정이다. 고맙다는 인사와 함께 그는 몇
개를 집어낸다. 의외로 딱딱하지 않고 고소한 맛
이 제법 괜찮다. 참기름을 짜러 기름집에 들어갔
다는 두 할망은 아무래도 좀 늦어질 모양이다. 그

는 짐짓 무심한 투로 윤 씨에게 묻는다.

"참, 아까 얘기하신 그 불탄 집들 말입니다. 사람도 여러 명 죽었다고 하셨는데, 어쩌다가 그렇게 된 겁니까."

"어쩌나, 언니 말대로 내가 괜히 쓸데없는 소릴 했나 봐요. 그냥 모르고 지내는 편이 백번 좋은 일인데."

윤 씨는 손을 저으며 겸연쩍게 웃는다. 기회를 놓칠까봐 그는 내심 조급해진다.

"저도 전에 얼핏 듣긴 했습니다. 그래도 여기가 고향이시니, 당시 사정을 아무래도 상세히 아실 거 아닙니까, 허허."

"그야 당연하지요. 저 언니들은 난리 후에 이곳으로 시집온 사람들이지만, 난 그 당시 마을에 살고 있었으니까. 말도 말아요. 생각만 해도 온몸이 다 바들바들 떨려오는데……."

한은 저도 모르게 마른침을 삼킨다.

16

"내 이름이 뭔지 아세요? 천엽이에요. 천할 천,
잎 엽."

어째선지 윤 씨 할망은 엉뚱하게도 자신의 이
름 얘기부터 꺼내고 있다.

"이런 못생긴 이름을 가지게 된 건 순전히 우리
할아버지 덕분이지요. 사내아이를 기다렸는데 계
집애가 태어났으니 실망이 이만저만 아니었대요.
뭐, 그래도 핏줄이라고 내심 영 싫지는 않으셨는
지, 이름난 서귀포 사주쟁이를 찾아가 손녀에게
줄 이름 하나는 지어 오셨더래요. 애당초 단명할
사주를 타고났다고, 그걸 막으려면 천한 이름으

로 불려야 한다면서 사주쟁이가 뽑아준 이름이래
요."

윤 씨 할망은 들깨강정 한 개를 입에 넣고 오도
독 씹는다.

1948년, 기축년 그해 겨울.

열두 살짜리 천엽의 뇌리에 남아 있는 어느 날
아침의 기억. 그 기억은 떠올릴 때마다 늘 어김없
이 어멍의 손에서부터 시작된다. 거칠고 투박한
어멍의 손, 그리고 유난히 끈끈하게 느껴지던 손
바닥의 감촉.

어멍은 천엽의 손을 단단히 움켜쥔 채 부랴부
랴 사립을 나서고 있다. 어멍의 손에서 전해오는
팽팽하고도 불길한 긴장감. 빈약한 체구의 아방
이 전에 없이 허둥거리며 앞장을 서고, 어멍이 천
엽의 손을 움켜잡고 그 뒤를 따른다.

조금 전까지 확성기를 든 군인 하나가 큰길을
오르락내리락하며 큰 소리로 연신 외치고 다녔
다. 전 주민은 당장 마을 앞 공터로 집합하라고.
집 안에는 단 한 명도 남아 있으면 안 된다고. 다

른 한편에선 총을 든 군인들이 집집마다 돌아다
니며 빨리들 나오라고 무섭게 으름장을 놓았다.

벌써 골목마다 마을 사람들이 몰려나오고 있
다. 너나없이 눈을 휘둥그레 뜨고 낯빛은 누렇게
떠 있다. 걸음 불편한 노인들과 갓난애를 등에 업
은 어멍들까지, 온 가족이 무리를 지어 잔뜩 겁에
질린 채 종종걸음을 친다.

아름드리 소나무가 늘어선 마을 앞 공터엔 무
장한 군인들 수십 명이 버티고 서 있다. 공터 양
쪽에 모여 서 있는 민간인 복장의 무리는 다른 마
을에서 차출된 민보단 사람들이다. 스무 명 남짓
한 그들은 저마다 죽창이나 쇠창을 하나씩 그러
쥔 채 엉거주춤 서 있다. 주민들이 다 모이자, 우
두머리 장교의 명령에 따라 주민들은 일제히 땅
바닥에 주저앉혀진다. 이내 죽창과 쇠창을 쥔 민
보단 청년들이 주민들을 빙 에워싼다. 사람들은
겁에 질려 두리번거리며 웅성거린다.

철모를 쓴 장교가 앞으로 나서는 순간, 웅성거
림이 뚝 그친다. 장교는 덩치가 크고 얼굴이 숯덩

이처럼 새까맣다. 장교는 큰 소리로 우렁우렁 외치기 시작한다. 폭도, 반역자, 즉결 처형, 도피자 가족, 사살…… 그런 살벌한 말들이 연신 튀어나온다. 그중에서 천엽이 유일하게 기억하는 온전한 문장은 하나뿐이다.

"폭도들에게 조금이라도 협조한 적 있는 사람은 자수하라. 그러면 생명은 보장하겠다."

순식간에 공터는 싸늘하게 얼어붙는다. 옆에서 아방의 낯빛이 하얘지는 걸 천엽은 보았다. 뒤쪽에서 젖먹이가 울음을 터뜨리자 누군가 황급히 입을 틀어막아버린다.

"이미 다 알고 있다. 폭도한테 식량을 가져다 바친 놈들이 누구야? 이래도 안 나올 테냐?"

그다음은 잠시 기억이 또렷하지 않다. 무서워서 천엽이 눈을 감았거나, 어멍의 허리춤에 얼굴을 처박고 있었는지도 모른다. 마침내 누군가의 이름이 차례차례 호명되고, 사람들이 대열 밖으로 끌려 나가고, 사방에서 다급한 울음과 비명이 터지고, 사내들이 고함을 지르며 마구 걷어차고, 몽둥이로 후려치고…… 한바탕 무시무시한 소동이 휩쓸고 지나간다.

천엽은 간신히 눈을 떠 본다. 소나무 앞 땅바닥에 한 무리의 사람들이 끌려 나와 무릎을 꿇고 앉아 있다. 세 가족, 도합 열두 명이다. 젊은 어른들, 노인들, 아이들도 있다. 천엽은 화들짝 놀란다. 한쪽은 방앗간집 양 씨, 또 한쪽은 방앗간 옆집의 허 씨, 그리고 마지막은 놀랍게도 천엽의 이웃집 춘하네 식구들이다. 춘하하고 천엽은 동갑내기 소꿉동무다. 또 춘하의 아빠 강 씨와 천엽의 아빠는 먼 친척 간이어서 친형제처럼 지낸다.

"어, 춘하네 식구들이 왜 저기 끌려 나와 있을까?"

천엽은 눈이 똥그래진다. 그러나 마을 사람들은 이미 짐작하고 있다. 엊그제 산사람들이 밤새 은밀히 동네를 다녀갔다는 사실을 아는 사람은 다 안다. 몇몇 집에선가 산사람들한테 식량을 건네주었다는 소문을 쉬쉬하면서도 다들 알고 있다. 그게 발각이 난 모양이다. 대체 토벌대가 어떻게 그 사실을 알았을까. 필시 누군가 밀고를 한 게 분명하다. 저 사람들은 단지 운이 나빴다. 내주지 않으면 보복을 당할 게 뻔한데, 그 한밤중에 어찌 감히 거절하겠는가.

앞으로 끌려 나간 세 가족을 바라보며, 사람들은 온갖 생각으로 머릿속이 혼란스럽다. 이틀 전엔 경찰지서가 있는 이웃 마을이 한밤중에 산사람들의 습격을 받아 주민 여러 명이 죽고 집 여러 채가 불에 탔다. 겁을 먹은 경찰들이 지서 안에 숨어서 허공에 대고 탕탕 총질만 하고 있는 사이, 산사람들은 소 두 마리까지 유유히 끌고 갔다는 소문이다. 군인들은 지금 그 복수를 하기 위해 눈에 불을 켜고 우리 마을까지 들이닥친 게 틀림없다. 엄청난 공포가 폭풍처럼 사람들을 덮쳐누른다.

끌려 나온 사람들의 손목을 군인들이 일일이 철사로 동여 묶는다. 천엽은 춘하의 얼굴만 주시한다. 춘하는 완전히 얼이 빠진 채 온몸을 바들바들 떨면서 묶인 두 손을 가슴에 모으고 있다. 군인들이 그들 세 가족을 한꺼번에 일으켜 세운다. 그리고 공터 바로 옆 보리밭 안으로 끌고 들어가, 그들 모두를 땅바닥에 주저앉힌다. 바람이 머리 위로 쌩하니 불어 지나간다. 황량한 겨울 밭고랑엔 여윈 보리 싹들이 삐죽삐죽 돋아나 있다.

"아니지. 이 세 놈은 저쪽에 따로 분리시켜놔."

장교가 권총으로 앞쪽을 가리키자마자 병사들이 튀어나가 그중 젊은 남자 세 사람을 끌어내서 따로 앉혀놓는다. 양 씨, 허 씨, 그리고 춘하 아빠다.

이제 이쪽으로 등을 돌린 채 땅바닥에 한 줄로 주저앉은 나머지 아홉 사람이 보인다. 노인들, 여자들, 아이들…… 마침내 한 무리의 군인들이 그들 등 뒤에 한 줄로 늘어선다. 일순 공터엔 정적이 흐른다. 그 완벽한 정적 속에서, 아주 작은 비명이나 울음소리라도 그들의 입에서 새어 나왔던가. 얼핏 춘하의 단발머리와 앙상한 목덜미를 자신이 보았던가.

천엽은 명확한 기억이 없다.

마치 스피커가 고장 난 텔레비전처럼, 다만 황량한 보리밭 고랑 위에 정지된 하나의 흐릿한 영상이, 그 찰나의 뒷모습으로만 남아 있을 뿐이다.

　"앞에총!"

　마침내 장교의 고함 소리가 들리고, 춘하의 작은 몸이 제 어멍의 몸과 와락 하나로 엉키고, 젖먹이를 안은 방앗간집 며느리의 엄청난 비명이 터지고…… 이내 무시무시한 총소리, 총소리……. 그 대목에서 천엽의 기억은 다시금 툭 끊긴다. 캄캄한 바닷속 같은 정적. 이윽고 누군가의 억눌린 비명, 흐느낌과 탄식. 그리고 매캐한 화약 냄새…….

　이윽고 꿈에서 깨어나듯 천엽의 의식이 천천히 돌아온다. 저만치 보리밭에 널브러져 있는 사람들의 모습이 안개 속인 양 희미하다. 그런데, 춘하는…… 더 이상은 기억나지 않는다. 아주 작은 여자아이의 두 발을, 그것도 양쪽 다 맨발인 발바닥을 언뜻 본 것도 같다. 하지만 그게 정말로 춘하였을까.

17

윤 씨는 그 대목에서 문득 입술을 다문다. 말없이 차창 너머 유채꽃만 하염없이 바라보고 있다.

"미안하지만, 이거 한 대만 피울래요. 창문 약간만 열어주시면 좋겠네요."

애써 웃음을 지으며 윤 씨는 손가방에서 담배와 라이터를 꺼내고 있다.

장교가 대열 앞으로 저벅저벅 다가온다. 천엽은 숨이 딸각 멎어버린다. 새까맣게 그을린 낯빛에 무성한 구레나룻의 사내가 눈앞에서 우뚝 멈춰 선다. 장교의 얼굴엔 기묘한 웃음이 묻어 있다. 그는 한 덩어리로 뭉쳐 있는 주민들을 눈으로 한번 쓰윽 둘러보더니, 점을 찍듯이 권총 끝으로 정확히 한 명씩을 가리킨다.

"너, 너, 너, 그리고 마지막으로 너까지!"

아이고, 하느님!

사내의 총구가 맨 마지막으로 아방의 얼굴을 정확히 가리키는 순간, 어멍의 입에서 낮고 다급한 비명이 터진다. 천엽은 이미 사색이 된 아방의 얼굴을 멍하니 바라본다. 바짓가랑이를 움켜쥔 어멍의 손을 밀어내고 아방은 무릎을 후들후들 떨며 일어선다. 아방과 함께 예닐곱 명의 남자 어른들이 허둥지둥 앞으로 나가서 한 줄로 선다. 그 중엔 구장 어른도 들어 있다.

"거기, 앞으로 나오라우! 아니, 죽창은 필요 없고, 너 말이야. 쇠창 들고 있는 놈!"

장교가 한쪽에 물러나 있는 민보단 사내들을 향해 느닷없이 고함을 친다. 민보단 단원들은 대부분 군 작전을 지원한다는 명분으로 인근 여러 마을에서 자의 반 타의 반으로 차출되어 온 민간인 남자들이다. 그들이 휴대한 무기는 실로 각양각색이다. 말 그대로 죽창도 있고, 대나무 끝에 뾰족한 쇠꼬챙이를 철사로 동여맸거나 괭이자루 끝에 무쇠 칼의 날을 묶은 것도 있다. 청년 하나가 후다닥 튀어나와 쇠창을 장교에게 건넨다. 검고 날카로운 쇠꼬챙이가 제법 견고해 보인다.

그 사이, 병사들은 처형을 기다리고 있는 세 사람을 밭으로 끌고 들어간다. 양 씨, 허 씨 그리고 춘하 아빠는 이번엔 마을 사람들을 마주하고 앉혀진다.

"자, 이놈들이 전부가 아니란 걸 나는 다 알고 있다. 여기 당신들 안에도 폭도들과 내통한 자들이 아직 몇 놈 더 숨어 있지. 안 그래?"

장교가 마을 사람들을 휘둘러보며 큰 소리로 또박또박 말한다. 일순 광장 안은 얼음장처럼 싸늘하게 굳어버린다.

"자, 한 번만 기회를 주겠다. 당신들의 애국심을 스스로 직접 증명해보라우. 폭도 한 명당 한

번씩이야! 도합 세 번! 거부하거나 대충 찌르는 시늉만 했다간 당신들이 대신 죽는 거야."

장교는 맨 앞에 선 왜소한 체구의 사내에게 쇠 창을 쥐여주며 명령한다. 천엽은 눈앞이 노래진 다. 아방이다.

아이고, 하느님.

천엽의 손을 움켜쥔 어멍의 입에서 숨넘어가는 탄식이 터져 나온다.

"찔러! 이 빨갱이 새끼야!"

병사 하나가 아방의 등을 소총으로 퍽, 내리찍 는다. 비명도 없이 허깨비처럼 고꾸라진 아방은 이내 벌떡 일어나더니, 엉겁결에 쇠창을 두 손으 로 와락 움켜쥔다. 그리고…… 천엽은 그 모든 광 경을 고스란히 지켜본다. 왜 그랬을까. 자신도 모 른다. 아방의 손에 들린 그 끔찍한 철침이 거짓말 처럼 세 사람의 가슴에 차례차례 찔러 박히는 순 간, 순간을…… 천엽은 넋을 놓고 처음부터 끝까 지, 홀린 듯 지켜본다. 이윽고 피 묻은 쇠창이 아 방의 손에서 다음 사람에게 넘겨지고, 또다시 넘겨지고, 마침내 머리가 반백인 구장 어른의 손끝에서 그 마지막 임무를 마칠 때까지.

그럼에도, 이상한 일이다. 그 순간들은 정지된 흑백 화면으로 천엽의 뇌리에 지금까지 선명하게 찍혀 있다. 하지만 정작 거기엔 아무 소리도 담겨 있지 않다. 철침이 가슴에 찔러 박힐 때마다 터져 나오던 단말마의 비명도, 사람들의 울음과 탄식 그리고 겁에 질려 유령들처럼 외쳐대던, 마을 사람들의 만세 소리와 박수 소리조차도 존재하지 않는다. 천엽의 기억에선, 마치 오래된 흑백 무성 영화처럼, 그 모든 소리가 완벽하게 삭제되어 있다.

18

"정말이지, 지옥이 따로 없었어요. 그해 겨울 동안 그런 온갖 일들을 겪고도 이렇게 용케 살아남았으니, 진짜로 내 이름 덕을 톡톡히 본 것인지도 모르겠네요."

빠끔 열어둔 차창 틈으로 담배 연기가 실오라기처럼 풀어져 흘러나간다. 주차장 옆 밭둑엔 껑충한 벚나무 한 그루. 길게 드리운 가지마다 자잘한 꽃망울이 그득하다.

"불쌍한 우리 아버지…… 병으로 오래 앓다가, 쉰 살도 되기 전 돌아가셨지요. 워낙 몸이 약해 남들처럼 일도 못하고, 심성은 또 별스럽게 여려서 제삿날 닭 한 마리도 차마 잡지 못하는 분이었는데……. 진짜 죄스러운 게 말예요. 아버지하고는 끝내 부녀간의 대화 같은 건 단 한 번도 못 해 보고 말았거든요. 어째선지 아버지를 대하면 그때 그 모습이 떠올라서, 평생 아버지의 눈을 마주 볼 수가 없더라고요……. 원래는 술을 전혀 못하던 양반이 종내는 알코올 중독자로 변했지요. 한 번 입에 댔다 하면 몇 날 며칠 술병을 손에서 놓지 않았어요. 취하면 눈이 시뻘게지도록 울기만 했지요. 말 한마디 않고 그냥 방구석에 혼자 귀신처럼 웅크리고 앉아 하염없이 눈물만 줄줄 흘려대는 거예요. 나는 정말이지 또 그 꼴이 그렇게 끔찍하게 싫어서, 제발 하루빨리 죽었으면 하고 내심 얼마나 빌었는지 몰라요."

"아버지를 용인 천주교 묘역에 모셨지요. 눈을 감는 순간까지도 고향에는 절대로 돌아가지 않겠다는 말씀만 되풀이했는데, 그게 결국 유언이 된 셈이네요. 뭐, 그거야 나 역시 원치 않았으니까요.

기막힌 일이지만, 그때 토벌대에 밀고한 사람이 우리 아버지라는 엉뚱한 소문까지 한동안 마을에 나돌았거든요. 그즈음엔 너나없이 눈이 뒤집혀 제정신들이 아니었으니까……. 하지만 사람 사는 일이란 역시 알 수 없는 건가 봐요. 우리 부모가 그렇게 쫓겨나듯 떠난 고향인데, 나는 혼자 이렇게 돌아와 살고 있네요."

윤 씨는 허탈하게 웃는다. 작은 새 한 마리가 보닛 위에 폴짝 내려앉는다. 길고 노란 부리에 몸 전체가 잿빛인 녀석의 이름을 한은 알지 못한다. 잠시 꼬리를 까닥이다가 새는 이내 작고 흰 얼룩만 남긴 채 훌쩍 사라져버린다.

"참, 아까 언뜻 그런 얘기를 하셨지요. 그때 그 집에 있던 아이들은 어찌 됐는지 모르겠다고……."

"아, 그건 그냥 혼잣말로 한 소리인데."

그녀의 표정이 돌연 복잡해진다.

"그런데, 왜 그 얘기를 물어보세요?"

"마음에 짚이는 게 있어서요. 좀 터무니없는 소

리 같습니다만, 이따금 꿈에 웬 낯모르는 아이들
모습이 비치곤 해서 말입니다."

"설마, 어떤 아이들인데요?"

"그냥 평범한 어린애들입니다. 사내아이 하나
랑 여자아이 둘. 형제들 같아 뵈기도 하고."

"그럴 수가! 이건 또 무슨 일이람."

그녀의 표정이 일순 당혹감과 두려움으로 굳
어버린다. 뜻밖이다. 사실 한은 별다른 기대 없이
혹시나 해서 물어보았을 뿐이다. 그렇다면 꿈에
본 아이들이 실제 존재했다는 얘기인가. 한은 불
현듯 목 뒷덜미가 서늘해진다.

그때 누군가 차창을 똑똑 두드린다. 두 할망이
각기 양손에 꾸러미를 올망졸망 들고 서 있다.

"미안해서 어쩔꼬. 우리가 너무 많이 늦었주
게. 지름집에 오늘따라 무신 손님이 그리 많은지,
원."

한이 트렁크를 열어주자 허 씨 할망이 웃으며
말한다.

19

한은 산책을 나서기 위해 마당으로 나온다. 벌써 눈치를 챈 개가 좋아서 경중경중 뛰고 야단이다. 어느덧 매일 오후엔 개와 함께 산책을 나서는 게 일과가 된 셈이다. 골목을 빠져나온 한은 마을 앞 삼거리에서 동쪽 내리막길로 들어선다. 귤밭들 사이로 10여 분쯤 걸어 내려가면 바다와 만나게 된다.

바깥나들이를 유난히 좋아하는 개는 벌써부터 부산하게 움직이기 시작한다. 왕성한 호기심을 주체 못 하고 풀숲이며 흙바닥에 코를 들이대며 정신없이 킁킁댄다. 강아지 때부터 유난히 산

만하게 나대는 꼴이 영락없는 과잉행동증후군이
다. 아마도 거리를 떠돌 때와 보호소에 갇혀 있을
때 생긴 나쁜 습성이 아닐까 한은 추측할 뿐이다.
사료를 단숨에 먹어치우는 게걸스러움, 길바닥에
서 뭔가를 끊임없이 주워 먹는 고약한 습성도 마
찬가지다.

"잘 보살펴주셔야 해요. 이미 한 번 큰 상처를
받은 아이니까요."

강아지를 두 손으로 들어 올려 품에 안으며 보
호소의 그 중년 남자는 말했다.

"설마 겨우 3개월짜리가 그런 걸 기억할까요?"

"기억하다마다요. 그 기억은 평생 지워지지 않
을 겁니다. 얘도 생명이니까요."

호리호리한 체구에 때 묻은 가운을 걸친 그 중
년 남자는 한에게 강아지를 안겨주며 말했다. 마
치 신생아를 부모 품에 넘겨주는 간호사처럼 진
지한 표정이었다.

재작년 7월 중순. 한이 얼떨결에 강아지를 입

양하게 된 바로 그날.

한의 연회색 소형차가 여행객들로 붐비는 제주공항을 빠져나온다. 앞 조수석엔 딸아이가 앉았다. 한은 방금 전 아내를 출발 홈에 내려주고 오는 참이다. 친정 노모의 건강이 나빠졌다는 전화에 아내는 서둘러 떠났다.

"아빠, 우리 거기 잠깐만 들렀다 가면 안 돼요?"

한라산 횡단도로 초입에 막 접어들었을 때, 딸아이가 불쑥 입을 연다.

"어디?"

"지난번 이마트 앞에서 봤던 그 강아지요. 잘 있는지 한 번만 보고 가요."

"유기견 센터에서 구조해 보호 중이라며?"

"근데 아직 주인이 안 나타났나봐. 벌써 2주일이나 됐는데……."

"어쨌거나 입양은 안 돼. 아빠한테 알레르기 비염 있다는 거 뻔히 알면서."

"알고 있다고요. 그냥 잘 있는지 보기만 하면 된다니깐."

한은 잠시 말없이 운전에만 열중한다. 인터넷 검색을 이미 해봤다고, 여기서 조금만 더 가면 샛길이 나온다고, 딸이 뿌루퉁해서 혼잣말처럼 웅얼거린다. 유치원 때부터 강아지를 키우자고 노래를 부르던 아이가 어느새 대학생이다. 좁은 아파트에선 꿈도 못 꿀 일이긴 했으나, 부모로서 내심 늘 미안한 마음이었다. 이젠 마당 있는 집이 생겼음에도 한은 여전히 마음이 썩 내키지 않는다.

한의 눈앞에 강아지의 모습이 떠오른다. 그때 이마트 앞 길바닥에 엎드려 있던 검은 털빛의 강아지. 생후 5개월쯤 돼 보이는 녀석의 목줄엔 조그만 은색 방울이 달려 있었다.

"가엾어라. 여기서 이러고 있으면 어떡해. 일부러 버리고 갔나봐."

"아까 검정색 소나타가 얘만 주차장에 내려놓고 횡 달아나더래요. 세상에, 양심도 없지. 이런 꼬마를."

"그래도 양심은 있었나. 종이컵에 밥이랑 물까지 담아서 옆에 놔두고 갔네."

쇼핑을 마치고 나오는데, 사람들 몇이 안타깝게 들여다보고 있었다. 어깨 너머로 무심코 눈길만 주었을 뿐인데, 일순 한의 가슴에 유리 조각 하나가 날아와 박혔다. 콘크리트 바닥에 탈진한 듯 드러누운 강아지는 두 눈만 말갛게 뜨고 있었다. 여기 버림받은 마음 하나가 누워 있다. 슬픔에 찬 마음, 배반당한 마음 하나가 누워 있다. 문득 한의 몸 안에서 누군가 그렇게 말했다.

"방금 유기견 보호센터에 신고를 했더니, 이미 접수되어 있다고 하네요. 구조팀이 출동해서 이쪽으로 오는 중이래요."

휴대폰으로 어디론가 전화를 하던 젊은 여자가 주위를 돌아보며 말했다.

"어머, 그나마 다행이다. 근데, 거기 들어가면 대부분 안락사시킨다던데……."

또 다른 여자가 옆에서 중얼거렸다.

한은 혼자서 먼저 그곳을 빠져나와 카트를 밀고 주차장으로 향했다. 아내가 딸아이를 이끌고 뒤따라왔다. 발개진 딸아이의 눈을 그는 못 본 척했다. 차를 몰고 집으로 돌아오는 내내 한은 알 수 없는 충격에 휩싸였다. 좀체 믿기지가 않았다. 그 어린 짐승의 조그만 몸뚱이 안에 그처럼 끔찍한 절망과 비탄이 담겨 있다니.

"좋아. 그럼 잠깐 보기만 하고 나오는 거다."

한은 성판악을 향해 달리다가 핸들을 꺾어 내리막길로 빠져나온다. 딸아이가 작게 웃음을 터뜨린다. 잠시 후 샛길로 접어들자 좁은 비포장길이 칙칙한 숲속으로 한참이나 이어진다. 길을 잘못 들었구나 싶어 차를 막 돌리려는데, 저만치 엉성한 창고 같은 건물이 언뜻 눈에 비친다. 필시 혐오 시설이랍시고 이렇듯 외진 산속까지 밀려났을 터이다.

차 문을 열자마자 개 짖는 요란한 소리가 들려온다. 입구로 들어서니 흰 가운 차림의 중년 남자가 두 사람을 맞는다. 흰 캡까지 쓴 모습이 요리사처럼 보인다. 한이 노트에 방문자 인적 사항을 기입하고, 딸아이는 찾아온 용건을 얘기한다.

"오라, 그 시바견 말이군. 갠 이틀 전 입양되어 나갔습니다."

"어머, 그래요. 어떤 분이 데려갔나요?"

"초등학생 꼬마 아가씨가 아빠랑 함께 왔어요. 제주시에서."

얼핏 딸아이의 표정엔 안도감과 아쉬움이 뒤섞인다.

"그 애를 입양하실 생각으로 오늘 방문하신 거예요?"

"아뇨. 뭐 그냥 지나는 길에 잠깐……."

한은 어색한 표정으로 얼버무린다.

"잘 오셨습니다. 한번 둘러보시겠습니까."

직원인지 자원봉사자인지 알 수 없는 그 사내가 대뜸 일어나더니 다짜고짜 앞장을 선다.

시설 안에 들어서자 수백 마리 개들의 짖는 소리와 함께 소독약과 배설물 냄새가 혼합된 기묘한 냄새가 훅 끼쳐온다. 줄줄이 늘어선 네모난 대형 철제 케이지들. 그 칸칸마다 열 마리 안팎의 유기견이 밀집해서 수용되어 있다. 그야말로 각양각색이다. 크기, 나이, 생김새, 털빛이 다른 온갖 개들의 시선이 일제히 이쪽으로 쏟아진다.

예기치 못한 개들의 기묘한 시선 앞에서 한은 잠시 당혹스럽다. 딸아이도 엉겁결에 한의 어깨를 두 손으로 움켜잡는다. 케이지 앞을 천천히 지나가면서 사내는 방문객들이 궁금해할 만한 사항들에 대해 설명해준다. 포획팀에 의해 입소된 유기 동물들은 대략 한 달 정도 보호 기간을 거친다. 그 기간 내에 주인이나 입양 희망자가 나타나지 않으면 대부분 안락사시킨다고 한다.

"분양 희망자분들께 애들을 공개하는 시간은 매일 오후 한 시부터 두 시까지예요. 애들이 그 시간을 얼마나 간절히 기다리는지 아마 모르실 겁니다. 사람들이 나타나면 저마다 온갖 몸짓을 다 동원해서 자신을 어필하느라 애를 쓰지요. 그런 모습을 보고 있자면 저희들도 가슴이 아파요. 새 주인을 못 만나면 자신들이 결국 어떻게 되리라는 걸 애들도 다 알고 있거든요."

생략해도 좋을 설명까지 사내는 굳이 덧붙인다. 은연중 이쪽의 감성에 호소해, 입양 결정을 쉽게 내리도록 유도하는 것인지도 모른다.

사내가 걸음을 멈춘 곳은 두 개의 전시용 케이지 앞이다. 유달리 깔끔하게 보이는 그곳의 개들은 모두 애완용으로 알려진 품종견이다. 일반적으로 선호도가 높은 소형견 위주로 한데 모아놓은 눈치다. 철망 사이로 앞발을 내미는 놈, 유리창에 간절한 눈빛으로 얼굴을 들이미는 놈……. 그런 개들의 애절하고 간곡한 눈빛 앞에서 한은 가슴이 먹먹해진다. 문득 한의 몸 안에서 누군가 또 이렇게 중얼거린다. 마음들이다. 배반당한 마음, 슬픔과 절망에 찬 마음들이 여기 아파하며 울고 있다.

한은 까닭 모를 초조함에 쫓기며 실내를 휘둘러본다. 조립식 패널로 지어진 건물 내부에 가득차 있는 어떤 거대한 그림자를 그는 눈으로 본 것만 같다. 그을음처럼 어둡고 안개처럼 희뿌연 그것을 그는 죽음의 그림자일 거라고 생각한다. 수많은 작은 생명들이 뿜어내는 저 무서운 고통과 슬픔의 기운.

한은 도망치듯 그 자리를 벗어난다. 그런 어느

순간 어떤 강렬하고도 기이한 흡인력에 이끌려 무심코 고개를 돌리던 한은 시선 하나와 딱 마주친다. 웬 녀석이 바로 그의 발치에서 이쪽을 똑바로 올려다보고 있다. 누런 털빛에 비쩍 마르고 두 귀만 유난히 큰 강아지다. 그 케이지엔 흔히 '똥개'라고 불리는 토종 잡종견들만 들어 있다. 애초에 찾는 사람이 거의 없는 까닭에 거기다가 따로 모아놓은 모양이다. 케이지 안에서 꾀죄죄한 몰골의 개들이 한을 흘금흘금 쳐다보다가 힘없이 고개를 돌려버린다.

그 안에서 어린 강아지라곤 녀석 혼자뿐, 나머지는 모두 덩치 큰 성견들이다. 녀석은 뒷발로 간신히 몸을 버티고 서서, 한의 시선을 붙잡으려 혼신의 노력을 기울이고 있다. 조그만 양쪽 앞발로 철망을 필사적으로 움켜쥔 채 맹렬히 꼬리를 흔들어댄다.

'데려가줘요. 살고 싶어요. 날 구해주세요.'

그 못생긴 강아지의 동그랗고 까만 눈망울에 덜컥 붙잡힌 채로 한은 돌연 어찌할지 몰라 쩔쩔맨다. 한은 입술을 깨물며 망설인다. 어쩌겠는가.

마음 하나가 지금 자신의 눈앞에서 이렇듯 서럽게 울고 있다. 마침내 한은 돌아서자마자 남자에게 말한다.

  "이 녀석 말입니다. 우리가 입양해 가도 될까요?"

20

툭.

무엇인가 눈앞에서 핏덩이 같은 작은 물체가 힘없이 떨어져 길바닥 위에 떼구루루 구른다. 동백꽃이다.

한은 걸음을 멈추고 머리 위를 올려다본다. 가지마다 가득한 꽃망울들이 그새 하나둘 꽃잎을 활짝 열어젖히기 시작하고 있다. 머잖아 온 섬의 동백 숲마다 화려한 개화가 절정에 이를 터이다. 나무 밑엔 벌써 붉은 꽃송이들이 땅에 떨어져 있다. 어느 틈에 망고가 쪼르르 뛰어오더니, 꽃송이를 주둥이에 덥석 물고 저만치 달아난다.

"망고, 어딜 가는 거야."

한이 부르자 개가 돌아서서 한을 빤히 올려다본다. 한은 혼자 빙긋이 웃는다. 그 조그맣고 못생긴 강아지 때의 눈망울이 아직 그대로 남아 있다. 녀석은 우리랑 처음 만난 그때 일을 기억할까. 성산포초등학교 앞에서 구조되었다고 그랬지. 어쩌다 녀석은 거기서 혼자 헤매고 있었을까. 혹시 저를 길에 버리고 간 옛 주인의 얼굴을 아직도 기억할까. 상처받은 마음이 이젠 얼마쯤 아물기는 했을까. 한은 이따금 어린아이처럼 망고의 속마음이 궁금해진다.

완만한 언덕길을 다 내려오면 눈앞에 개울이 나타난다. 폭은 그리 넓지 않지만, 한라산 정상에서부터 깊은 골짜기를 이루며 바다로 내려오는, 섬 남쪽 지역에선 몇 안 되는 유서 깊은 개울이다. 평소엔 바짝 마른 건천이다가도 큰비가 오면 삽시간에 엄청난 물줄기를 쏟아내는 무서운 급류로 변하곤 한다. 그 개울을 가로질러 놓은 콘크리트 다리를 건너면 이웃 마을인 용천포 지역이다.

한은 다리 바로 직전의 갈림길에서 '월령사'라는 절로 이어지는 오른쪽 샛길로 접어든다. 거기서부터 개울을 따라 잠시 내려가면 이윽고 눈앞에 바다가 펼쳐진다. 아름드리 곰솔 수십 그루가 늘어서 있는 바위 언덕 아래는 평소 인적이 뜸하다. 그곳에 이르자 한은 여느 때처럼 개의 목줄을 풀어준다. 망고는 쏜살같이 황무지 안으로 뛰어들어가더니 오늘도 본격적으로 탐정 놀이를 시작한다. 풀숲과 바위틈, 마른 덤불과 모래밭, 그 어디에건 코를 디밀고 정신없이 킁킁대고 있다.

한은 황무지를 지나 해변 모래밭을 향해 걸음을 옮긴다. 그 황무지는 절이 위치한 언덕 끝의 벼랑과 해안 모래톱 사이의 작은 공터이다. 소문엔 오래전 작은 마을이 있던 자리라고 하는데, 지금은 그저 사방에 흩어진 돌무더기와 그 위를 온통 뒤덮은 넝쿨들뿐이다.

한은 모래톱 가장자리에 누워 있는 썩은 나무 둥치에 걸터앉는다. 그 둥치는 작년 여름 태풍에 떠밀려 와 이젠 그곳에 아예 자리를 잡았다.

바다는 오늘따라 순한 양처럼 잔잔하다. 저만치 용천포 선착장 언저리에서 이따금 갈매기들이 하얗게 떠올랐다 내려앉기를 반복하고, 멀리 수평선 위로 화물선 한 척이 아스라이 떠가고 있다. 봄이 가까워서일까. 겨우내 무겁고 어두운 잿빛이던 물빛이 어느새 조금씩 밝은 회색을 엷게 띠고 있다.

수면 위로 통통 튀어 오르는 예리한 햇살에 눈이 부셔 한은 두 눈을 감는다. 그리고 손바닥으로 얼굴을 가리고 오랫동안 그 자세로 가만히 앉아 있다.

21

언제나 어김없이 똑같다. 바다를 볼 때마다 한
은 어쩔 수 없이 아버지의 존재를 떠올리고 만다.
아니, 떠올린다는 표현은 적절하지 않다. 한에게
아버지라는 존재는 실체가 아닌 하나의 추상에
가깝다. 한에게는 애당초 눈앞에 떠올려볼 수 있
는 아버지의 얼굴도, 모습도, 목소리도, 하다못해
실오라기 같은 감각의 기억조차도 아예 부재한
까닭이다.

한이 태어났을 때, 아버지는 이미 이 세상에 없
었다. 아버지의 숨이 끊어지는 그 순간, 한은 어
머니의 배 속에 있었다. 한은 유복자遺腹子였다.

'무덤조차 없이 죽은 아버지는 아직도 바다에 있다. 저 깊은 바닷속 어딘가에.'

한의 아버지는 나이 서른이 훌쩍 넘어서야 짝을 구했다. 부잣집 막내딸인 신부는 일찍부터 폐질을 앓은 적이 있다는 소문이었으나 신랑 쪽에선 그나마도 감지덕지할 처지였다. 신랑은 소아마비로 다리 한쪽을 약간 저는, 퍽도 가난한 집 외아들이었다.

조부모는 누구보다 손자를 기다렸다. 이윽고 3년 만에 며느리한테 첫아이가 들어섰다고 온 가족이 뛸 듯이 기뻐했던 바로 그날, 육지에서 전쟁이 터졌다는 소식이 날아들었다.

그로부터 한 달 후, 내륙에서 후퇴해 온 대규모 경찰 병력은 섬에 집결하자마자 즉각 관내 전 지역의 국민보도연맹원에 대한 강제 소집령을 내렸다. 한의 아버지도 다른 많은 사람들과 함께 배에 태워져 읍내로 이송되었다. 이틀 후, 읍내 중학교에 수용 중이던 그들은 똑같이 포박당한 채 다시

군 상륙정에 태워졌다. 그리고 곧바로 그들은 선상에서 한꺼번에 총살되어 바다에 그대로 수장되었다. 이때 죽은 사람이 500명이 넘는다고도 했다.

그 사실을 한이 보다 상세히 알게 된 건 훨씬 훗날의 일이다. 한의 아버지가 어쩌다가 그 연맹원 명단에 포함되었는지는 조부도 명확히 알지 못했다. 명민하고 생각 깊은 아들이 마을에서 야학과 청년단 활동을 한 것 때문에, 지서에서 요주의 인물로 지목한 게 아닌가 하고 추측할 뿐이었다.

그와 같은 학살이 읍내 앞바다에서만 벌어진 건 아니었다. 인근 섬 지역은 물론 육지의 해안 지역 곳곳에서도 유사한 참극이 빈번하게 벌어졌다. 그 여름 내내 연안 바다엔 시신들이 끊임없이 출몰했다. 조류를 따라 수많은 시신들이 섬과 섬, 해안과 해안 사이를 무리 지어 출렁이며 떠다녔다. 반쯤 넋이 나간 조부는 여름 내내 분주했다. 어딘가에 시체가 떠밀려 들었다는 소문이 들리면 허겁지겁 달려가곤 했다. 그 어딜 가보나 혈육을

찾아 헤매는 비슷한 처지의 수많은 사람들로 넘
쳐났다. 하지만 조부는 끝내 아들의 시신과 만나
지 못했다.

아무도 말해주지 않았지만, 한은 유년기에 이
미 그 사실을 알고 있었다. 여러 해가 지나도록
어른들은 사랑방에 모여 앉아 종종 그때 일을 얘
기하곤 했다. 한은 일찍부터 조부모의 방에서 지
냈다. 기침병을 옮길까봐 어머니는 혼자만 방을
따로 썼기 때문이다.

조부의 무릎을 베고 누워, 한은 늘 한숨과 탄식
이 섞인 어른들의 은밀한 얘기에 귀를 모았다. 그
놀라운 얘기들은 아이에겐 하나같이 무섭고, 끔
찍하고 또 신비로웠다.

그런 저녁이면, 어린 한은 쉬이 잠들지 못했다.
창호지 문을 스치는 바람 소리, 파도 소리, 나뭇
가지 부딪치는 소리에도 간이 콩알만 하게 오므
라들었다. 호롱불이 꺼지고 나면 방 안은 한순간
캄캄한 바다 밑으로 변하고, 그 깊고 어두운 물속
에서 희멀건 시체들이 둥둥 떠다니기 시작했다.

코와 눈이 문드러진 끔찍한 그것들과 함께 종종 아버지가 찾아왔다. 민우야. 민우야. 아버지는 퉁퉁 부어오른 손을 내저으며 흐느적흐느적 다가오곤 했다. 그때마다 한은 도망치려고 미친 듯 발버둥을 쳤다. 아버지에겐 얼굴이 없었다. 밀가루 반죽처럼 허옇기만 한 그 얼굴이 무서워서 한은 비명을 지르며 꿈에서 깨어나곤 했다.

22

내내 병약하기만 했던 어머니는 결국 일찍 세
상을 떴다. 한이 초등학교에 입학하던 해였다.

숨을 거두기 전의 그 며칠 동안, 어머니가 혼
자 기거해왔던 문간방엔 밤새도록 호롱불이 켜져
있었다. 한이 오줌을 누러 마당에 나왔다가 고개
를 돌려 보면, 그 작은 방에선 흐릿한 불빛과 함
께 밭은기침 소리가 간간이 새어 나오곤 했다. 한
은 그 약하고 힘없는 불빛이 금방이라도 꺼질 듯
해 가슴이 조마조마했다.

"사람이 죽을 때는 말이다. 혼불이 먼저 알고

그 사람 몸에서 빠져나온단다. 그래서 집 안에 심하게 아픈 사람이 있으면, 밤에 지붕이랑 처마 밑을 유심히 살펴봐야 해. 혼불이 언제 소리 없이 빠져나갈지 모르거든."

할머니의 그 말을 어린 한은 기억했다. 그 무렵 마을에 초상이 났었다. 언덕 맨 꼭대기 집에 살던 아흔 살 노인이었는데, 죽기 바로 전날 한밤중에 그 초가집 처마 밑에서 혼불이 빠져나오는 걸 목격한 사람이 몇 있었다. 수박만 한 크기의 환한 불덩이 하나가 지붕을 너울너울 타고 넘더니, 이윽고 깜깜한 뒷산 솔숲 쪽으로 사라졌다고 했다.

"혼불은 환하게 빛나는 초록색 불덩어리인디, 돼지 꼬리 같은 가느다란 꼬리가 달려 있단다. 아이들의 혼불은 반딧불만 하게 쪼그맣지만, 어른들 것은 불덩이가 크고 빛도 밝아서 하늘 멀리까지 너울너울 날아갈 수가 있제."

한은 밤마다 이불 속에서 혼자 두려움에 떨며 마음속으로 간절히 기도했다. 하느님, 제발 오늘 밤 어머니의 혼불이 몸 밖으로 빠져나오지 않게 해주세요. 하지만 그 기도는 아무 소용이 없었다.

마지막 순간, 단무지같이 누렇고 앙상한 손을 뻗어 어머니는 한의 손을 찾아 쥐었다. 그 순간 아들을 바라보던 병약한 어머니의 눈빛을 한은 결코 잊지 못한다.

"민우야. 나 없더라도 할아부지 할머니 말씀 잘 듣고, 꼭 착한 사람이 되어야 한다이."

모기 같은 소리로 하아하아 숨을 몰아쉬며 어머니는 말했다. 그것이 어머니의 마지막 말이었다.

지금도 유년기의 기억을 더듬어보면, 어째선지 한은 늘 혼자 외따로 떨어져 있는 모습으로만 남아 있다. 추운 겨울날 마당가 돌담에 기대서서 손끝을 물어뜯고 있거나, 여름 해변에서 홀로 저만치 떨어져 나와 아이들의 떠들썩한 물놀이를 지켜보기만 하거나, 할머니가 밭을 매는 동안 밭둑에 쪼그려 앉아 풀잎을 입에 넣고 우물우물 씹고 있거나……. 그 애늙은이 같은 눈빛의 어린아이는 그렇듯 늘 혼자일 뿐이다.

기억 속의 그 아이는 항상 누군가를 기다리고 있다. 마루 끝에 앉아 사립문 쪽에 자꾸 눈길을 돌리고, 마을로 들어오는 흙길을 돌담 너머로 내내 지켜보고, 앞바다를 떠가는 크고 작은 배들을 하염없이 바라보고……. 그렇게 기억 속의 아이는 간절히 누군가를 기다리는 모습으로만 남아 있다.

누구였을까.
그 아이는 누구를 그리도 기다렸을까.
한은 아직도 알지 못한다.

23

망고가 다가와 한의 무릎에 머리를 문질러댄
다. 이젠 그만 집으로 돌아가자는 시늉이다. 한은
개의 등을 한 번 쓰다듬어주고는 일어선다. 어느
사이 오후 해가 설핏 기울었다.

모래톱을 벗어나 황무지로 들어섰을 때, 앞서
가던 개가 갑자기 그 자리에 우뚝 멈춰 선다. 온
몸을 바짝 경직시킨 채 꼼짝도 않고 전방 어느 한
점을 주시하고 있다. 한이 뒤따라 몇 걸음을 다가
갈 때까지도 그대로 돌처럼 굳어 있다.

뭘 보고 이러는 거지? 한도 덩달아 걸음을 멈
추고 전방을 주시한다. 뜻밖에 아무것도 없다. 황

무지엔 흩어진 돌 더미와 그것을 뒤덮은 메마른 덩굴뿐이다.

"왜 그래, 망고. 그만 가자."

이번에도 개는 그대로 굳어 있다. 문득 개가 어째선지 잔뜩 겁에 질려 있다는 걸 한은 뒤늦게 알아차린다.

아, 고개를 들어 보니, 저만치 누군가 걸어오고 있다.

방금까지 분명 아무도 없었는데, 어떻게 된 걸까. 점점 다가오고 있는 사람은 여자 같다. 등을 약간 구부린 자세로 서둘러 옮기는 걸음걸이. 첫눈에도 차림새가 별스럽고 특이하다. 머리엔 흰수건을 썼고, 칙칙한 갈색으로 물들인 치마저고리는 펑퍼짐하고 우스꽝스럽다. 저런 특이한 복색을 한은 언젠가 어떤 자료 사진에서 얼핏 본 적이 있는 듯하다. 섬 주민의 생활사를 다룬 책이었던 것도 같고, 제주시에 있는 민속박물관의 전시실이었는지도 모른다.

으르렁. 갑자기 개가 다급하게 이빨을 드러내는 바람에 한은 재빨리 줄을 꺼내 개의 목에 채운다. 목줄을 양손으로 바투 잡고 몸을 일으켜 세운 순간, 한은 이번에야말로 소스라치게 놀라 사방을 두리번거린다.

  아무도 없다.

  바로 눈앞까지 다가왔던 그 이상한 여자가 순식간에 사라져버린 것이다. 어찌 된 일인가. 꿈을 꾼 것도 아닌데……. 한은 제 눈을 믿을 수가 없다. 어안이 벙벙해서 연신 주위를 두리번거린다.

24

안녕, 아저씨.

나야, 몽희.

우린 지금 돌담 위에 셋이서 나란히 걸터앉아 있어. 다른 어느 곳보다도 우리는 이 자리를 가장 좋아해. 이렇게 담장 맨 꼭대기에 올라앉으면 당신의 집 안마당이 훤히 내려다보이거든. 망고는 물론이고 당신과 식구들의 모습까지 한눈에 다 지켜볼 수가 있지.

그뿐만 아니야. 한밤중에 달과 별을 구경하기

엔 여기만큼 멋진 자리가 없거든. 아, 저 하늘 좀 봐. 오늘은 달이 유난히 밝은 밤이야. 그러고 보니, 며칠 후엔 진짜로 크고 둥근 보름달이 한라산 위로 둥실 떠오르겠네. 달이 밝고 바람까지 잔잔한 이런 밤이면, 별들도 기다렸다는 듯이 한꺼번에 좌르르 쏟아져 나오곤 하지.

저거 봐. 벌써부터 하늘은 온통 헤아릴 수 없이 많은 별들로 가득 들어차 있잖아.

우리들은 이런 밤을 진짜 좋아해. 이런 날은 우리 셋이서 마을 주변 곳곳을 신이 나서 돌아다니느라 밤을 꼬박 새우기도 한다니까.

그건 이 작은 숲속에 깃들어 살고 있는 다른 식구들도 다들 마찬가지일 거야. 언제나 부지런한 까치 부부도 오늘 밤은 아직 잠자리에 들지 않고 둥지 안에서 부스럭대는 눈치야.

돌무더기 속의 꿩 부부는 아마도 봄에 태어날 귀여운 아이들을 위해 새로 집을 지을까 말까 얘기하고 있을 거야.

생달나무 위의 큰오색딱따구리 부부는 깃에 부

리를 묻고 나란히 앉아 달구경을 하고 있을 테고, 녹나무의 박새들은 봄이 되면 새끼들을 예쁘게 키워내어 세상으로 내보낼 궁리들을 벌써부터 하고 있을 거야.

팽나무 둥치의 마른 뿌리 틈에선 겨울잠에 든 다람쥐가 오늘은 세 번씩이나 하품 소리를 냈어. 이젠 겨울잠에서 깨어나 바깥으로 나올 때가 성큼 가까워졌다는 뜻이지. 몽구 오빠 다람쥐 하품 소리를 듣더니 좋아라고 마구 손뼉을 쳤어. 하지만 그건 까치독사 녀석도 곧 슬슬 기어 나올 때가 되었다는 뜻이라고 알려주었더니, 오빠는 금세 시무룩해지고 말았지.

정말이지 난 까치독사 녀석만은 겨울잠에서 영영 깨어나지 않았으면 좋겠어. 아니면 저 혼자 어디 아주 먼 곳으로 이사를 가버리거나.

하지만 이런 환한 밤을 유일하게 싫어하는 이도 있지. 바로 폭낭 할망이야. 이 작은 숲의 주인인 폭낭 할망은 저 부러진 팽나무 둥치 속에 혼자 살고 있지. 그 둥치 속엔 시커멓게 썩은 커다란 구멍이 하나 있는데, 그게 바로 할망의 방이야.

폭낭 할망은 혼자서 만날 엉엉 울기만 해. 밤에도 울고, 아침에도 울고, 잠을 자면서도 울어. 그래서 우리들끼리는 울보 할망이라고 부르지.

할망의 나이는 자그마치 400살이나 돼. 할망의 생김새는 또 얼마나 무섭고 이상한지 몰라. 머리카락은 눈같이 하얀 백발인데, 얼굴이며 몸뚱이는 온통 숯덩이처럼 까만색이야. 코는 고구마같이 뭉툭하고 옆으로 죽 찢어진 입은 항상 반쯤 벌어져 있는데, 이빨이라곤 누런 앞니만 딱 두 개 남아 있을 뿐이야.

두 눈은 또 얼마나 큰지, 할망의 얼굴 절반을 차지할 정도야. 왕방울마냥 툭 튀어나온 그 두 눈은 항상 토끼 눈알처럼 새빨갛지. 왜 눈이 그렇게 빨강색이 되었느냐고 언젠가 몽선이가 물어보니까, 하도 오랫동안 슬피 울었더니 그만 이렇게 되었노라고 할망이 대답했어.

무엇 때문에 그렇게 슬픈 거냐고 다시 물었더니, 60년 전에 너희들 같은 아이들이 너무나 많이 죽어서 슬프다고, 너무나 많아서 그게 몇 명인지조차 셀 수가 없다고, 그래서 그때부터 지금까지 이렇게 계속 울고 있는 거라고, 할망은 눈물을 흘리면서 말했어.

얼굴은 무섭게 생겼지만, 폭낭 할망은 우리에겐 더없이 고마운 분이야. 오갈 데 없는 우리들을 이 작은 숲에서 함께 살도록 허락해주셨거든. 물론 언젠가 엄마가 우리를 데리러 올 때까지만 말이야.

우리가 폭낭 할망을 처음 만난 건 그 무시무시한 불길이 고모네 집을 덮쳐버렸던 날이었어. 그날 우리는 헛간 나뭇단 틈에서 지푸라기를 몸에 두르고 밤새도록 오들오들 떨다가, 아침 녘이 되어서야 겨우 잠에 빠져들었지.

그런데 별안간 그 사람들이 나타나 안채와 헛간 지붕에 기름을 붓고 불을 질러버렸어. 순식간에 엄청난 불꽃과 연기가 시뻘겋게 치솟았는데, 오빠랑 몽선이는 옷에 불이 붙어버렸고 난 머리카락까지 홀랑 타버렸어. 무시무시한 불길 속에서 우리 셋은 부둥켜안고 쓰러지고 말았어. 바로 그 순간 지붕이 머리 위에서 와지끈 내려앉고 만 거야.

그때 우리는 그만 정신을 잃었었나봐. 다시 깨어나 보니 새벽녘이었지. 고모네 집은 흔적도 없이 사라지고 불에 탄 그루터기만 땅바닥에 수북이 쌓여 있었어. 우리 셋은 그 잿더미 속에서 함께 눈을 뜨고 일어났던 거야. 마치 잠에서 막 깨어난 것처럼 말이야.

그런데 정말 이상한 일이야. 우리 셋 다 입고 있던 옷 그대로, 몸엔 상처 하나도 없었으니까. 우린 너무 춥고 무섭고 배가 고파서 그만 울음을 터뜨리고 말았어. 그 무서운 사람들이 나타날까봐 참으려 했지만 소용이 없었어. 그런데 그때 우리 앞에 폭낭 할망이 나타난 거야.

"네가 몽희로구나. 너는 몽구, 너는 몽선이고."

신기하게도 그 무서운 할망이 우리들 이름을 차례로 부르는 거야. 어떻게 그걸 아느냐고 내가 용기를 내서 물어봤지.

"알다마다. 나는 느네 어멍도 똑똑히 기억햄주 게. 몇 번이나 나를 찾아와서 이쁜 아이를 낳게 해달라고 간절히 빌었거든. 그 정성이 하도 갸륵 해서, 이 할망이 느네들 셋을 점지해 어멍한테 보내주었주. 아이구, 불쌍하기도 해라. 어린 아이들 이 무신 죄가 있다고…… 미안하구나. 느네들을 지켜주지 못해서 정말로 미안해."

할망은 우리들 손을 잡고 울음을 터뜨렸어. 할 망의 왕방울 같은 눈은 더욱더 빨개져버렸지. 그 눈이 진짜 무서웠지만 나는 간신히 참았어.

그때부터야. 우리가 이 작은 숲에서 살게 된 것 은.

25

　그때만 해도 할망은 무척 건강하고 목소리도 카랑카랑하니 힘이 넘쳤어. 지금처럼 늙고 힘없는 백발노인이 된 건 벼락을 맞고 나서부터야. 어느 여름날 무시무시한 벼락이 밤새도록 꽈릉꽈릉하고 내리친 거야. 이곳뿐만이 아니었어. 섬 동서남북 곳곳에서 엄청난 천둥과 벼락이 내리쳤어. 그때 저 폭낭은 두 동강이가 나고, 할망도 허리를 심하게 다치고 말았지.

　이제 할망은 예전처럼 맘대로 움직이지를 못해. 비가 오거나 바람이 심하게 부는 날이면 아예 끙끙 앓으며 온종일 누워 있기만 하는걸. 할망은 우리들 셋 가운데 몽선이를 가장 예뻐하는 눈치야. 몸이 많이 아픈 날이면 할망은 꼭 몽선이를 찾으시곤 해.

"할망은 어쩌서 만날 이렇게 아픈 거야?"

"으응, 이 할망이 아주 큰 잘못을 했주게. 그래서 천황님한테 벌을 받아부런."

"할망이 무슨 잘못을 했어요?"

"귀하디귀한 자손들을 지켜주지 못하고 원통하게 떼죽음을 당하게 한 죄여."

"그게 언제였는데?"

"이승과 저승이 하나가 되고 세상과 지옥이 자리바꿈을 한 시절이 이서났주게. 저 기축년 난리 때 말이여. 수천수만 무고헌 목숨이 비명횡사허는 꼴을 대책 없이 지켜보고만 있었던 죄. 무엇보다 어멍들과 어린이들까지 떼죽음당허는 걸 막지 못헌 죄가 가장 크주게."

"나 같은 어린아이들?"

"그래, 이 할망은 여자들과 아이들을 지켜주는 신령이거든. 어멍들한테 이쁜 아이를 갖게 해주고, 아이들이 무사히 자라도록 도와주고, 그 아이들의 목숨을 지켜주는 일. 그것이 이 폭낭 할망이 하는 일이여. 지금까지 나가 점지해준 아이들만 해도 3천 명이 넘주게. 몽선이도 그 가운데 하나지."

"폭낭 할망 혼자만 벌을 받았어요?"

"아니라. 제주 섬의 500신령들이 똑같이 벌을 받았주. 그래서 아직도 몸이 불편한 신령들이 많어."

나는 할망이 불쌍해서 가슴이 아팠어. 하지만 할망도 이따끔 조금은 억울하다고 생각하는 모양이야. 언젠가 할망이 혼잣말로 중얼거리는 소리를 내가 엿들은 적이 있거든.

"후유. 그걸 무사 막지 못했느냐고요? 한라산 천황님도 참말 무심허쥬. 천 번 만 번 막으려고 했주게. 허지만 우리 힘만으로 어찌 그놈들을 막습니까. 그놈들은 인간이 아니라 악귀들마씨. 온 세상의 악귀가 떼거리를 지어 이 작은 섬으로 한꺼번에 몰려든 거라마씸. 아이고, 제주 섬 500 신령의 힘을 몬딱 합쳐도 저 무시무시한 악귀 떼거리를 어찌해볼 수가 없습디다. 분하고 원통해서 피눈물이 쏟아지지만, 신칼은 동강이 나고, 삼지창마저 부러지고, 방울도 깨지고, 그놈의 신통력은 애초에 통하지를 않는디, 날보고 어떵허랜 말이우꽈. 어이구……."

26

윤 씨 할망이 집으로 불쑥 찾아든 건 두 시가 조금 넘어서다. 개 짖는 소리에 밖을 내다보니, 뜻밖에 할망이 마당 가에 서 있다. 현관문 열리는 기척을 들었을 텐데도, 윤 씨는 담장 가에 붙어서서 한동안 폭낭 숲 언저리를 유심히 살피는 눈치다. 그 옆모습이 어딘가 절실해 보여서 한은 현관 앞에 서서 잠자코 기다린다.

"아유. 주책없이 불쑥 찾아와 방해가 안 될라나 모르겠네. 마침 옆집 할망 좀 보러 왔다가, 이쪽은 또 얼마나 변했나 하고 궁금해서 잠깐 들렀어요."

"잘 오셨습니다. 안으로 좀 들어오시지요."

의외로 윤 씨는 선선히 뒤따라 현관으로 들어선다. 어머나, 참 깔끔하게 해놓고 사시네요. 거실 이곳저곳을 대충 눈으로 휘둘러보더니, 윤 씨는 웬 두툼한 종이봉지 하나를 식탁 위에 올려놓는다.

"찐 고구마예요. 군입거리로 괜찮을 거 같아 몇 개 가져와봤는데……."

솥에서 방금 꺼냈는지 봉지 안에 든 고구마가 아직 따뜻하다. 마지못해 한 입 먹어보니 맛이 제법 고소하다. 표정을 보아하니 우연히 들렀다는 건 그냥 하는 말 같다. 뭔가 할 말이 있어 일부러 찾아왔으리라고 한은 짐작한다. 엊그제 장날 차 안에서 하려다 만 그 얘기인지도 모른다.

윤 씨는 모과차를 홀짝이면서 눈으로는 돌담 너머 숲과 귤밭 언저리를 망연히 바라본다. 그 표정이 뭔가 어둡고 복잡하다. 깊은 우물 속을 들여다보고 있는 눈빛 같다. 이윽고 윤 씨가 입을 연다.

"꿈에 자꾸 아이들이 뵌다는 얘기를 듣고 내심

얼마나 놀랐는지 몰라요. 그때부턴 잠을 편히 잘
수가 없더군요. 한동안 용케 잊어버리고 지내왔
었는데……."

27

1948년 12월 중순.

온종일 싸락눈이 오락가락하고 바람 끝이 유난히 매섭던 날.

저녁 무렵이 되자 기온이 뚝 떨어져 입에선 허연 김이 풀풀 새어 나온다. 천엽은 동네 앞 소나무밭에서 마른 잔가지를 주워 어깨에 짊어지고 서둘러 돌아온다. 어느 집이건 땔감이 부족한 참이다. 예전처럼 가까운 오름에서 땔나무를 구해 오거나 읍내 장에 나가 장작을 사 올 수도 없는 까닭이다.

대낮에도 마을을 함부로 벗어났다간 언제 목숨이 달아날지 모른다. 토벌대는 예고 없이 수시로 작전을 나온다. 이유 따위는 묻지도 않는다. 인적 뜸한 들이나 산길에서 마주치면, 다짜고짜 폭도로 몰려 총에 맞거나 지서로 끌려가기 십상이다. 엊그제 동네 어른 하나가 이웃 마을에서 양식을 구해 돌아오다가 군인들에게 변을 당했다. 보릿자루를 열어 보이자마자 폭도들한테 전해주러 가는 게 틀림없다며, 그 자리에서 총을 쏘았다.

　　골목을 돌아서 집 마당 안으로 막 들어서려는데, 뒷집 안쪽에서 언뜻 인기척이 들린다. 천엽은 머리끝이 쭈뼛하고 가슴이 철렁 내려앉는다. 골목 끝인 그 집은 춘하네 집이다.

　　그 끔찍한 일이 벌어진 뒤, 세 가족의 시신은 거적에 덮인 채로 그 자리에서 사흘을 보냈다. 다른 두 가족의 시신은 인근 마을에 사는 친척들이 수습해 마을 공동묘지에 묻었다. 하지만 춘하네 식구들을 묻어줄 사람은 끝내 아무도 나타나지 않았다. 다른 마을에 사는 춘하네 친척들 역시 대부분 변을 당했다는 소문이었다. 설사 기별을 받았더라도, 섣불리 나섰다가 행여 무슨 화를 당할까 두렵기도 했을 터였다.

결국 뒤늦게야 마을 어른들이 나서서 춘하네 식구들을 공동묘지 맨 외진 자리에 묻어주었다. 송판으로 짠 관은커녕 엊그제까지 자신들이 덮고 자던 이불에 둘둘 말린 채였다. 세 가족의 매장이 진행되는 동안 마을은 무덤 속처럼 고요했다. 여자들과 아이들은 집 밖으로 나오지 않았다. 남자 어른들은 거개가 공동묘지에 가 있었지만, 천엽의 아버지는 끝내 집을 나서지 않았다. 혼자 방안에 들어박혀 줄담배만 피워댈 뿐이었다.

춘하네 식구들이 땅에 묻힌 날 밤, 천엽은 꿈을 꾸었다. 갓 생겨난 작은 봉분에서 사람의 손 하나가 불쑥 튀어나왔다. 가늘고 앙상한 춘하의 손이 천엽을 향해 나비 날개처럼 천천히 까닥였다. 이리 와, 천엽아. 나 좀 꺼내줘. 천엽은 외마디 비명을 지르며 깨어났다. 몸을 바들바들 떨며 한참을 흐느끼다가 천엽은 다시 잠이 들었다.

천엽은 나뭇단을 내려놓고 춘하네 집을 향해 살금살금 다가간다. 돌담 너머로 살펴보니, 웬 어린아이 셋이 툇마루 끝에 옹송그리고 있다. 사내아이는 징징 울고, 그 곁에서 여자아이 둘이 울상을 하고 있다. 천엽은 집으로 후다닥 뛰어가 어멍을 부른다. 아이들을 보자마자 어멍은 두 눈이 휘둥그레진다.

"너네들은 누구냐. 왜 놈의 집에 들어와서 이러고 있는 것이여."

"여긴 우리 고모 집이라고요. 춘하 언니네 집."

예닐곱 살짜리 여자아이가 어멍을 올려다보며 당차게 대답한다. 또랑또랑한 눈에 금세 눈물이 고인다. 다른 두 아이까지 덩달아 울먹울먹한다.

문득 천엽의 시선이 막내 아이의 손에 들린 인형에 멎는다. 알록달록한 일본 여자 옷을 입은 그 인형을 천엽은 기억한다. 지난해 설날, 부모를 따라 춘하네 집에 세배를 왔던 아이들이다. 그날 아이들의 아빠는 고무풍선을 불어 하나씩 나눠 주었다. 천엽은 빨간 풍선을 받았다. 난생처음 가져 본 풍선이었다.

"고모네 집? 그러면 너네 집이 월산리냐?"

어멍이 묻자 여자애가 고개를 끄덕인다.

"느이 아방이 초등학교 선생님이고?"

이번에도 여자애는 고개를 끄덕인다. 어멍은 이제야 알겠다는 표정이다.

"그런데 어째 너네들 셋뿐이냐. 어멍은 어디 있고?"

"군인들이 엄마를 데리고 갔어요. 엄마는 이틀 밤만 지나면 돌아올 테니까 고모 집에 가서 기다리라고 했어요."

이 일을 어쩔꼬. 어멍은 한숨을 내쉬며 천엽을 돌아다본다.

"너, 얼른 솥단지에서 감저 세 개만 꺼내 오거라. 바가지에 물도 조곰 떠 오고."

천엽은 고구마랑 물 담긴 바가지를 들고 서둘러 돌아온다. 날이 어둑어둑해지고 있다. 세 아이는 고구마를 입안에 허겁지겁 욱여넣는다.

"세상에, 쫄쫄 굶은 채로 여기까지 걸어온 모양이네."

어멍은 아이들을 춘하네 방 안으로 들여보낸

다. 시렁에서 덮을 것을 대충 꺼내어 방바닥에 깔아주고는 일어선다.

"어쨌거나 오늘 밤은 여기서 자거라. 그러고 내일 아침에는 용천포로 다시 돌아가야 한다."

아이들은 눕자마자 거짓말처럼 정신없이 곯아떨어져버린다. 방문을 닫아주고 어멍은 휭하니 마당을 나선다. 천엽은 화들짝 쫓아가며 어미의 팔에 들러붙는다. 등 뒤에서 금방이라도 춘하네 식구들이 천엽아, 천엽아, 하고 부를 것만 같다.

28

그날 밤 호롱불 꺼진 방 안에서 아방과 어멍은 잔뜩 목소리를 낮춰 얘기를 주고받았다. 방 한쪽에서 잠이 든 척, 천엽은 귀를 종긋 세운다.

"지금 그 아이들이 뒷집 방 안에서 자고 있단 말이여? 아니, 죽잰 환장을 했어?"

"게민, 이 한겨울에 아이들을 기냥 내버려둬요? 종일 쫄쫄 굶은 눈치든데."

"내일 아침 당장 용천포로 돌려보내. 이녁이 못 허민 나가 데려갈 거여. 우리 목숨도 부지하지 못 하는 판국에, 남의 아이들 걱정까지 어떵 허느냐고."

"혹시라도 아이들 일가친척을 찾아보믄…….

"이 여편네 보게. 그 아이들 아방이 산사람이라 니까. 일단 입산자 가족, 도피자 가족이라고 딱지 만 붙으믄, 노인이건 갓난애건 무조건 끌려 나가 총살당하는 판이여. 춘하네 집에다 그 아이들을 숨겨났다간 우리까지 변을 당한다고!"

"개나저나 저 아이들 어멍이 참말로 죽었댄 햄 수가?"

"토벌대가 월산리 주민들 임시 수용소로 불시 에 들이닥쳐서는, 젊고 반반하게 생긴 여자 예닐 곱 명을 한밤중에 끌고 나갔다네. 부대 막사에 사 나흘이나 붙잡아뒀다는데, 그 안에서 무신 험한 꼴을 당했을지는 안 봐도 뻔허주게. 그러고는 한 밤중에 배에 싣고 나가 한 명씩 총으로 쏴서 바다 에 그대로 수장을 해부렀다는 거라. 그날 밤 자기 배에 직접 태우고 나갔던 남원리 선주가 구장한 테 귀띔을 했댄."

다음 날 이른 아침, 아방과 어멍은 뒷집으로 건 너가서 곤히 잠든 아이들을 흔들어 깨운다. 천엽은 기둥 뒤에 숨어 그 모습을 지켜본다. 어멍이 잠이 덜 깬 아이들의 손에 고구마를 한 개씩 쥐여준다.

"자아, 여기 삼촌이영 용천포로 돌아가자. 데려다주마."

"그래, 느네 고모는 여기 없다. 춘하네 큰아방이 찾아와서 식구들을 몬딱 읍내로 데려갔단다."

"안 돼요. 엄마가…… 여기서 꼭 기다리라고 했는데."

몽희가 금세 눈물이 그렁그렁해서 대답한다.

"느네 어멍은 용천포로 찾아올 거여. 봐라. 이 집은 아무도 없게. 느네들을 먹여줄 사람도 없고, 밤엔 추웡 잠을 잘 수도 없단 말이여."

"엄마가, 진짜, 용천포로, 찾아온다고, 그랬어요?"

"아믄. 거기서 기다리고 있으민 어멍은 틀림없이 돌아올 거여. 걱정 말고 나영 용천포로 내려가자."

그제야 몽희의 표정이 조금 밝아진다. 세 아이는 어른들을 따라 마당으로 주춤주춤 내려선다.

몽희가 천엽을 향해 빙그레 웃어 보인다. 그 눈망
울이 유리알처럼 맑아서 천엽은 가슴 한쪽이 아
리다.

"자, 이제 가보자."

아방이 앞장을 선다. 세 아이는 함께 손을 잡고
종종걸음으로 골목을 빠져나간다. 천엽은 골목
어귀에 서서 그들의 뒷모습을 줄곧 지켜본다.

29

"그랬는데, 그걸로 끝이 아니었어요. 그 아이들을 돌려보내고 나서 며칠 뒤, 갑자기 우리 마을에도 강제 소개령이 떨어진 거예요. 그것도 당장 이틀 안에 집을 완전히 비우고, 가까운 해안 마을인 용천포로 전원 이주하라는 명령이었어요."

마을은 엄청난 충격에 휩싸였다. 소개령이라는 말만으로도 사람들은 낯빛이 파랗게 질렸다. 두어 달 전부터 토벌대의 대대적인 진압 작전이 시작된 이래, 섬 전역에서 어떤 일이 벌어졌는지를 다들 너무나 잘 알고 있었다.

소개령이 내려진 지역은 일체의 통행이 금지되고, 눈에 띄는 자는 누구나 폭도로 간주돼 총살에 처해졌다. 불과 두 달 사이에 한라산 기슭의 수많은 중산간 마을들은 예외 없이 완전히 텅 빈 폐허로 변했다. 마을 전체가 불에 타고, 셀 수도 없이 많은 주민들이 곳곳에서 무차별로 떼죽음을 당했다. 토벌대를 피해 남녀노소 가족들을 이끌고 한라산 골짜기를 헤매는 사람들이 부지기수였다. 그것은 지금도 여전히 계속되고 있었다.

겁에 질린 주민들 앞에서 구장 어른은 말했다.

"다들 너무 걱정할 필요는 없을 것 같소. 알다시피 우리 마을은 중산간 마을도 아니고, 애초부터 소개령 대상에 포함되지도 않았잖소. 최근에 읍내 경찰지서가 습격을 당하고 인명 피해가 발생하게 되면서 임시 조처로 우리 마을까지 소개령이 내려지긴 했소만, 상황이 진정되면 곧 원래대로 복귀하게 될 거라고 합니다. 길어봐야 한 달 남짓 용천포로 내려가서 기다리면, 머잖아 복귀 지시가 떨어질 게 틀림없소."

당장 이틀 뒤로 닥쳐온 소개 일자에 맞춰 모두

들 서둘러 이사 준비를 시작했다. 사람들 생각은 일단 간단한 필수품만 챙겨 가는 쪽으로 모아졌다. 구장 어른 말대로라면 그렇게까지 심각한 상황은 아닌 듯하고, 피난지가 바로 인근 마을이니 필요한 물건이 있으면 언제든 집에 들러 가져올 수 있으리라 믿었다.

저녁 무렵, 천엽은 뒤란 텃밭에서 우연히 그 소리를 들었다. 분명 뒷집 춘하네 부엌문이 딸그락대는 소리였다. 돌담 너머로 살펴보니, 누군가 헛간 안으로 기어 들어가는 뒷모습이 보였다. 몽희였다.

천엽은 식구들 몰래 담을 넘어 춘하네 마당으로 내려섰다. 헛간 거적문을 들쳐 올리는 순간, 뭔가를 입에 넣고 우물거리던 몽희의 두 눈이 휘둥그레졌다. 헛간 안엔 땔나무며 보릿대 다발, 명석 따위가 어수선하게 쟁여져 있었다. 천엽은 아이들의 몰골에 놀랐다. 며칠 사이에 셋은 숫제 거지꼴로 변해 있었다. 퀭해진 눈에 얼굴은 땟국으로 새까맣고, 몸에 걸친 홑겹 옷은 걸레쪽처럼 너

덜너덜했다.

"언니야…… 어른들한테 말 안 할 거지, 웅?"

몽희가 문득 천엽의 손목을 와락 움켜쥐었다.

눈물 그렁그렁한 몽희의 눈엔 두려움과 슬픔이
가득했다. 작고 앙상한 몽희의 두 손을 천엽은 말
없이 내려다보았다.

30

다음 날은 그야말로 온 마을이 이주 준비에 정
신이 없었다. 천엽의 부모는 당장 필요한 이부자
리와 옷가지, 그리고 당분간 먹을 양식부터 챙겼
다. 남은 좁쌀과 보리쌀은 단지에 나눠 담아 부엌
바닥과 텃밭에 파묻어두었다. 소개령이 풀려 집
으로 돌아오면 먹어야 할 양식이었다. 그 밖의 유
용한 물건들은 따로 궤짝이나 자루에 넣어서 모
아놓았다.

아방은 점심을 먹자마자 혼자 용천포에 다녀왔
다. 다행히 용천포엔 천엽의 외삼촌 댁이 있어서,
세 식구는 당분간 그 집 뒷방에서 지내게 될 터

였다. 때마침 사방에서 갑자기 몰려든 중산간 마을 소개민들로 인해 용천포 마을도 곤욕을 치르고 있었다. 이런 참에 용천포에 가까운 친척이나 지인을 가졌다는 건 대단한 행운이었다. 헛간 한 귀퉁이조차 얻지 못한 사람들은 군인들이 양철로 대충 뚝딱뚝딱 지어놓은 해안가 수용시설에서 공동생활을 하고 있었다.

그날 오후 내내 천엽은 아궁이에 불을 땠다. 가마솥에 보리를 삶아 누룽지를 만들어야 했기 때문이었다. 어멍은 비상식량으로 감춰놓고 먹기 위해 한꺼번에 만드는 거라고 말했다. 천엽은 누룽지 몇 쪽을 따로 숨겨놓았다. 어둠이 내리기를 기다렸다가 천엽은 사립문을 몰래 빠져나왔다. 치마 속에 감춰 온 누룽지를 아이들 앞에 내려놓으며 천엽은 말했다.

"이거, 아껴가면서 조곰씩만 먹어."

"고마워, 언니야."

"우리는 내일 용천포로 이사를 가. 동네 사람들도 다 같이 떠날 거여."

"용천포······."

몽희의 표정이 금세 어두워졌다.

"거기서 한 달쯤 있다가 돌아올 거랜. 그래도 너넨 여기 있을 거여?"

"안 가. 여기서 엄마를 기다려야 해."

"그러다 만일에 엄마가 안 오면······."

"아니야. 엄마는 와. 꼭 돌아온다고 우리랑 약속했어."

몽희는 고개를 저으며 또렷한 목소리로 말했다. 천엽은 몽희의 그 크고 맑은 눈을 차마 마주 볼 수가 없었다.

천엽이 그만 돌아가려고 일어섰을 때, 몽희가 뭔가를 눈앞에 내밀었다. 알록달록 일본 여자 옷을 입은 인형이었다. 이거, 이제부턴 언니가 가져. 천엽은 말없이 그것을 받아들고 집으로 돌아왔다. 장독대 빈 항아리에 인형을 숨겨놓은 다음 앞마당으로 살금살금 들어서다가, 천엽은 가슴이 철렁 내려앉았다. 아방이 툇마루에 걸터앉아 담배를 피우고 있었다. 다행히 아방은 어둠 속이라 눈치를 채지는 못한 것 같았다. 후유. 천엽은 가

숨을 쓸어내리며 고양이처럼 재빠르게 부엌으로 스며들었다.

다음 날이었다. 아침 밥상을 치우기도 전, 요란한 총성이 터져 나왔다. 마을 앞 공터 쪽이었다. 한 무리의 무장한 군인들이 마을을 에워싸고 있는 광경에 사람들은 경악했다. 오늘까지 소개하라는 명령이었으나, 그처럼 이른 시각에 벼락 치듯 들이닥칠 줄은 상상도 못 한 일이었다. 군인들이 허공을 향해 공포를 쏘며 확성기로 고함을 질렀다.

"경고한다. 지금 당장 짐을 챙겨 밖으로 나오라. 불응하는 자는 무조건 폭도로 간주하겠다……."

탕탕…… 타타탕.

허공을 향해 내갈기는 총소리가 연달아 들려왔다. 사람들은 이미 제정신이 아니었다. 옷도 제대로 챙겨 입지 못한 채, 손에 잡히는 대로 간단한 짐만 챙겨 들고 밖으로 튀어나왔다. 천엽도 옷 보따리를 들쳐 메고 허겁지겁 부모의 뒤를 따라나섰다.

골목을 막 빠져나오려는데, 군인 하나가 불쑥 앞을 가로막는 바람에 천엽은 기겁을 했다. 석유 냄새가 코로 훅 끼쳐왔다. 군인은 시커먼 기름통을 손에 들고 춘하네 집 마당으로 저벅저벅 들어서고 있었다.

마을 주민 전체가 공터에 집결했다. 저마다 크고 작은 짐 보따리를 부둥켜안은 채 하나같이 사색이 되어 사방을 두리번거렸다. 돌연, 어디선가 검은 연기와 함께 커다란 불길이 확 하고 솟구쳤다. 사방에서 목청을 찢는 비명이 거의 동시에 터져 나왔다. 저만치 초가지붕 한 채가 이미 불덩이로 변해 있었다. 춘하네 집이었다. 하지만 그건 시작에 불과했다. 불은 금세 이웃집들로 옮겨 붙었다. 천엽의 집도 마찬가지였다. 순식간에 마을 곳곳에서 검은 연기와 무서운 불길이 차례로 치솟았다. 모두의 입에서 숨죽인 오열이 터져 나왔다. 누구건 맘껏 소리 내어 울 수조차 없었다. 자신들의 집이 눈앞에서 차례차례 거대한 불길에 타들어가는 광경을 사람들은 넋을 잃고 지켜볼

뿐이었다.

군인들이 총구를 들이대며 당장 내려가라고 고함을 질렀다. 이윽고 사람들은 무리를 지어 무거운 걸음을 천천히 옮기기 시작했다. 사방이 온통 매운 연기와 냄새로 가득 차 있었다. 공터를 다 빠져나와 해변으로 가는 내리막길로 접어들 때까지, 사람들은 너나없이 눈물을 훔치며 자꾸만 뒤를 돌아보고 또 돌아보곤 했다.

용천포로 가는 길 내내 천엽은 누군가의 끔찍한 울음소리와 비명 소리를 들었다. 마을 사람들의 것만은 아니었다. 아이들의 그 새된 비명과 무서운 울음소리는 오직 천엽의 귀에만 또렷하게 들려왔다.

31

"꼬박 석 달이 지나서야 우리는 마을로 되돌아 올 수 있었어요. 온전하게 남아 있는 건 돌담뿐이더군요. 반쯤 타다 만 서너 채를 빼고는 온 마을 집들이 다 타버렸으니까요……. 3년 만에 아버지는 어렵사리 집을 새로 지었고, 그즈음에야 마을도 조금씩 예전 모습을 되찾게 되었지요. 물론 춘하네 집은 그냥 빈터로 남아 있었고요……. 오랫동안 나는 춘하네 집 쪽으로는 한 발짝도 가까이 가지 못했어요. 무섭기도 하고, 죄책감 때문에 밤마다 악몽에 시달리곤 했지요. 그런데 정말 이상한 일이었어요. 어찌 된 영문인지, 아이들의 종적이 영 묘연해진 거예요."

오랫동안 황무지로 방치되어 있던 춘하네 집터
는 결국 말끔하게 정돈된 귤밭으로 변했다. 장비
를 동원해 본격적으로 땅을 고르는 작업이 시작
되었을 때, 천엽은 혼자 얼마나 두려움과 불안에
떨었는지 모른다.

놀랍게도 작업을 마칠 때까지 아무런 일도 일
어나지 않았다. 천엽으로선 믿을 수가 없었다. 아
이들은 그때 헛간이 불타기 직전에 용케 빠져나
온 것일까. 만일 그랬다면 이후에라도 누군가 아
이들을 본 사람이 있었을 텐데, 그도 아니었다.
윤 씨에게 그것은 오래도록 수수께끼로 남았다.

그러다가 몇 년 전, 때마침 발표된 4·3 사건 피
해자 명단을 구해 찾아본 끝에 윤 씨는 아이들의
이름을 발견했다. 의외로 사망자가 아닌 행방불
명자 명단에서였다.

"그랬는데…… 마침내 그 수수께끼가 풀렸어
요."

윤 씨의 음성이 그 대목에서 가늘게 떨리기 시

작한다.

"우리가 용천포 외삼촌 댁에서 아직 피난민으로 지낼 때였어요. 어느 날 아버지가 망월리 집에 올라가서 뭔가 찾아올 게 있다고, 혼자 삽을 챙겨 나가시더군요. 그러더니 해 질 녘이 되어서야 완전히 지친 모습으로 나타난 거예요. 온몸에 숯 검댕을 뒤집어쓴 것 같은 험악한 몰골로, 게다가 빈손으로 말이에요. 뭘 하다 온 거냐고 어머니가 물어봐도 아버진 묵묵부답으로 술만 들이켤 뿐이었어요. 알고 보니, 그날 아버지는 춘하네 헛간 자리에 묻힌 뼈를 찾아내, 다른 자리에다가 새로 묻어주고 돌아오셨던 거예요."

윤 씨는 그 사실을 바로 며칠 전에야 처음 알았다.

그 얘기를 전해준 사람은 올해 팔순이 된 강 씨 노인이었다. 혹시 그즈음에 낯선 어린아이 셋을 보았다는 얘기를 어디서 들은 적이 있느냐고, 윤 씨 쪽에서 먼저 노인에게 물어보았던 것이다.

"아이들이 셋이었다고? 가만있자. 그러고 보니

까, 한 가지 짚이는 게 있기는 해."

그날 강 씨는 무슨 일인가로 마을에 올라갔다가, 땅에 범벅이 된 채 혼자 삽질을 하고 있는 아버지를 우연히 보았다.

"혼자 뭘 하시느냐고 물었더니, 자네 아방께서 그러시더구먼. 와서 보니까, 웬 어린애들 유골이 땅바닥에 굴러다니기에 대충 챙겨 거기에 묻어주었노라고 말이야. 그때는 가매장도 제대로 못 해서 땅에 널브러져 있는 시신이 어디에나 흔해 빠졌던 시절이었잖어. 그래서 나는 그냥 자네 아방께서 어느 주인 없는 불쌍한 시신들을 거둬주신 게로구나 생각했었지. 헌데 방금 자네가 그 얘길 물어보니까 퍼뜩 기억이 난 거야."

윤씨는 놀라움에 한동안 강 노인의 얼굴만 멍하니 쳐다보았다. 중학교 교장으로 퇴임한 그는 이 마을 출신으로는 가장 성공한 인물이었다.

"어디쯤인지 기억나세요? 그때 새로 옮겨 묻었다는 자리요."

"그게 아마 폭낭 뒤편이었지. 맞아, 거기 야트막한 둔덕 위에다 묻었어."

"그곳이라면 지금은…….."

"없지. 오래전에 그 일대를 밭으로 만든다고 둔덕까지 깨끗이 밀어버렸거든. 지금은 그 부러진 폭낭 주변만 조금 남겨두었을걸. 거기서 무슨 유골이 나왔다는 얘기는 여태 들은 기억이 없어. 만일 작업 중에 그런 것이 나왔다면야 중장비 기사가 젤 먼저 알았겠지. 설혹 그랬다고 해도, 십중팔구 그 사람들이 그걸 어디에다 신고까지 할 리는 만무하지. 괜히 골치만 아프고 공사에 지장이 생길까봐, 임자 없는 뼈가 튀어나오면 그냥 제자리에 도로 깊이 파묻어버리고 만다던걸."

32

긴 이야기가 끝났다. 윤 씨의 모습이 꽤 피곤해 보인다. 그녀는 물 컵을 두 손으로 감싸 쥐고 천천히 한 모금씩 홀짝인다.

"어쩌면 그 아이들은 아직 이곳 어딘가에 묻혀 있을지도 모르겠어요."

"그럴 수도 있겠군요."

"몽희. 지금도 그 애 얼굴이 생생히 기억나요. 그런데 그 아이들 모습이 왜 하필이면 한 선생의 꿈에 비쳤을까요."

"사실 저 역시 아직 긴가민가합니다. 얘기를 들을수록 놀랍고 기이하다고나 할까, 섬뜩한 느낌

마저 들고요. 이 얘길 어떻게 받아들여야 할지,
솔직히 조금 혼란스럽네요."

한은 웃으면서 애써 담담하게 대꾸한다.

두 사람은 한동안 말없이 창밖을 내다본다. 둘
의 시선이 똑같이 폭낭 숲 쪽에 머물러 있다는 사
실을 문득 깨닫고 한은 이내 시선을 거둔다.

"그런데, 난 지금도 잘 모르겠어요. 그날 말이
에요. 아버지는…… 왜 아이들의 뼈를 찾아서 묻
어줄 생각을 했을까요."

한은 고개를 들어 윤 씨를 바라본다. 윤 씨의
시선은 아직 창 너머에 머물러 있다. 짙은 화장에
도 불구하고 이마와 눈가엔 자잘한 주름이 가득
하다.

"그분께서도 마음이 못내 아프셨던 거겠지요."

"맞아요. 그렇지요? 아버지도 마음이 너무 아
파서…… 죄책감 때문에 그러셨겠지요? 그것도
모르고 나는……."

갑자기 흑, 윤 씨가 목울음을 삼킨다.

굳이 묻지 않아도, 한은 그녀의 지난 삶을 어

렴풋이 짐작해낼 수 있을 것도 같다. 세상 누구도 덜어줄 수 없는 저 엄청난 죄의식, 증오와 절망, 슬픔과 분노를 부둥켜안은 채 오로지 그녀 혼자서 버텨내 왔을 오랜 시간들.

손수건으로 눈물을 찍어내는 그녀의 주름 많은 손가락 새로 얼핏 흐린 빛이 반짝인다. 은색 묵주 반지다. 이쪽의 시선을 의식한 듯 윤 씨는 묵주반지를 잠시 들여다본다.

"이 묵주 말예요. 장롱 속에 처박아놓은 채 줄곧 잊고 있다가 엊그제 처음으로 다시 찾아 꼈어요. 그 하르방을 만나 뜻밖에 아버지 얘기를 전해 들은 바로 그날 말예요. 20년 넘게 발길을 끊은 성당에도 처음으로 다시 나가봤지요. 사실 그전까진 제법 열심히 성당엘 다녔는데, 어느 때부턴가 갑자기 도저히 기도를 할 수가 없더라고요……. 용서니 사랑이니 하는 말, 그게 한순간 너무나 우습고 터무니없다는 생각이 들더군요. 아버지는 병을 얻고 나서부터 독실한 신앙인으로 변했는데, 난 또 그게 그리도 끔찍하게 보기

가 싫었어요. 기도하는 모습도, 묵상하는 모습도
싫고…… 그런 모습을 보면 나도 모르게 어떤 순
간의 장면들이 떠올랐으니까요. 어쩔 수 없는 일
이었다고 여기면서도, 쇠창으로 태연히 사람들의
가슴을 찌르던 그 모습이 겹쳐 떠오르면, 난 견
딜 수가 없었어요……. 아버지는 대체 무엇을 용
서해달라고 기도하는 걸까. 어떤 용서를 간구하
고 있는 것인가. 왜 아버지가 용서를 빌어야 하는
가. 그 끔찍스러운 죄의 어디까지가 아버지 몫이
고. 그 나머지는 또 누구의 몫인가……. 알아요,
그때 그곳은 지옥이었다는 걸. 아버지도 나도 지
옥에 갇혀 있었다는 걸. 단지 우리에게 죄가 있다
면, 하필 그 지옥에 함께 있었다는 죄뿐이라는 것
도요……."

윤 씨는 말을 멈추고 잠시 숨을 고르려 애쓴다.
한은 말없이 창밖으로 시선을 돌린다. 까치 한 마
리가 숲 둘레를 천천히 선회하다가 녹나무 우듬
지에 내려앉는다.

"그해 겨울 우리는 한꺼번에 지옥 속으로 굴러 떨어졌고, 그 지옥 한가운데서 온갖 악마들과 마주쳤지요. 그들은 순전히 재미로, 놀이로, 장난삼아 사람을 죽였어요……. 아버지에게 춘하 아빠와 이웃 사람들을 쇠창으로 찌르게 만들어놓고, 그 광경을 옆에서 지켜보면서 큰 소리로 낄낄대며 웃고 즐거워했어요. 입산자 가족이라고 걸핏하면 사람들을 용천포 갯가로 끌고 나가 총살하고, 그때마다 마을 사람들을 모아놓고 그 광경을 강제로 지켜보게 했어요. 심지어 한 사람씩 총에 쓰러질 때마다 우리한테 박수를 치고 만세를 부르도록 시켰지요……. 그자들에겐 그 모두가 다만 한바탕 심심풀이 유희에 지나지 않았어요. 그런데도 그들이 인간이라고요? 그들이 인간이라면 악마는 대체 어디에 있나요……."

　윤 씨가 담배 한 개비를 뽑아 입에 문다. 한이 라이터를 켜 불을 붙여준다. 윤 씨는 연기 한 모금을 천천히 토해낸다.

　"그날 이후, 내 눈에는 지옥과 이 세상이, 악마와 인간이 하나로 겹쳐 보여요. 그러니 어떻게 기도를 할 수 있겠어요. 저희에게 잘못한 이를 저희가 용서하오니, 저희 죄를 용서하시고…… 그런 식의 기도문을 어떻게 두 손 모으고 천연덕스럽게 음송할 수가 있겠어요. 악마와 인간을 도무지 구분 못 하겠는데, 악마의 죄와 인간의 죄를 분간

할 수가 없는데, 내가 어떻게 무엇을 위해 기도하고 누구의 용서를 구할 수 있겠어요……. 그런 생각은 지금도 마찬가지예요……. 그럼에도 이번엔, 아무도 없는 성당 안에서 나 혼자 무릎 꿇고 간절하게 기도를 드렸어요. 그렇다고 이제 와서 회개를 한 것도, 용서를 간청한 것도 아니에요. 솔직히 아직도 그런 기도는 할 자신이 없어요. 그러고 싶지도 않고요. 어쩌면 죽는 날까지 영영 이러고 말지도 모르지요……. 하지만 오늘은 그 따위 용서니 사랑이니, 죄니 구원이니 하는 골치 아픈 말 따위는 따지지도 생각하지도 말자. 대신에 딱 한 가지만 기도하기로 하자. 불타 죽은 그 아이들, 불쌍한 우리 아버지, 또 죄 없이 죽어간 춘하네 식구들과 다른 무수한 사람들. 그리고 살아남은 벌로 평생 가슴에 또 다른 지옥을 담고 살아온 사람들……. 부디 그 가엾은 영혼들을 가엾이 여기시고, 피눈물을 닦아주시고, 따뜻하게 보듬어주십시오. 딱 그렇게만 기도하자, 하고 말예요……. 그렇게 혼자 엎드려 한바탕 울고 나니까, 마음이 조금은 가라앉는 것 같더군요."

윤 씨는 지친 모습으로 소리 없이 허탈한 웃음을 짓는다.

그런 그녀를 마주 보면서, 한은 문득 또 다른 늙은 여인의 얼굴을 눈앞에 떠올린다. 언젠가 4·3 자료집에서 우연히 본 103세 할머니의 얼굴이다. 토벌대의 총에 아들딸 다섯 남매를 한꺼번에 잃은 채 평생을 홀로 살아온 그 할망의 얼굴은 검은 현무암 같았다.

그 어떤 감정도 회한도 더는 헤아릴 길 없는, 한없이 깊은 우물을 닮은 얼굴.

윤 씨도 그런 얼굴을 가졌노라고, 한은 생각한다.

깍, 까악깍.

창밖에서 까치가 또 목쉰 소리로 울고 있다.

34

한은 승용차를 몰고 집을 나선다. 빌린 책을 반납하려고 읍내 도서관에 가는 길이다. 이즈음엔 입맛이 없어져서, 저녁엔 혼자 대충 외식을 하고 들어올까도 생각 중이다. 어느덧 3월도 중순에 접어들고 있다. 일주도로를 벗어나 읍내로 들어서자마자 불현듯 눈앞이 환하게 트이는 느낌이다. 마을길 양쪽에 촘촘히 늘어선 수십 그루의 우람한 벚나무들이 다투어 꽃망울을 터뜨리고 있다.

일제강점기에 처음 심어졌다는 그 아름드리 벚나무들은 저마다 하나의 거대한 꽃다발처럼 보인다. 지난주만 해도 꽃망울이 제법 맺혔구나 싶은 정도였는데, 어느 참에 가지마다 연분홍 꽃송이들로 그들먹하다. 만발하다 못해 벌써 꽃잎을 풀풀 날리기 시작한 나무들도 있다. 벚꽃의 찬란함은 늘 한순간이다. 아마도 사나흘 뒤엔 낙화가 시작되어 길바닥이 온통 눈밭처럼 흰 꽃잎으로 뒤덮일 터이다.

도서관 마당에 차를 세워놓고 건물 2층으로 올라간다. 책을 반납한 다음 '향토자료실'로 들어가 창가에 자리를 잡는다. 사방이 귤밭으로 둘러싸인 시골 도서관은 아담하고 늘 고즈넉하다. 2층 창가 자리에선 저만치 남쪽으로 바다가 내려다보인다.

한은 자료실 서가에서 4·3 사건 관련 자료 책 몇 권을 골라 꺼내온다. 엊그제 윤 씨 할망의 방문 이후로 한은 줄곧 그 아이들 생각에 붙들려 있다.

'왜 자꾸 그 아이들의 모습이 꿈에 보이는 걸까. 윤 씨 할망의 말처럼 그들이 나한테 뭔가 할

말이 있어서일까. 아니, 그런 꿈을 내가 진짜로 꾸기는 한 것인가. 내 무의식 속의 어떤 힘이 꿈을 빌려 가공해낸 하나의 망상은 아닐까.'

따져보자면, 사실 그 세 아이와 자신의 꿈에 등장하는 아이들이 동일한 인물이라는 증거 따위는 아직 없는 셈이다. 일단 윤 씨의 이야기가 어디까지 사실인지부터 확인할 필요가 있을 것 같다.

한은 『제주도 4·3 사건 진상보고서』라는 두툼한 책을 펼쳐놓고, 그 아이들의 집이 있었다는 '월산리' 부분을 찾아본다. 희생자가 많았던 대표적인 마을들만 해도 수십 개인데, 그중 월산리 부분은 5쪽에 걸쳐 비교적 상세히 나와 있다.

월산리에 엄청난 비극을 몰고 온 이 사건은 1948년 12월 15일(음력 11월 15일)부터 시작됐다. 달이 아주 밝은 날이었다. 마을을 포위한 군인들이 주민들을 모두 향사에 집결시킨 후 18세부터 40세까지의 남자들을 분리했다. 또 여자들 가운데서 20세 미만의 젊고 예쁜 여자들을 분리했다. 군인들은 이들을 인근 마을의 초등학교로 끌고 가 감금했다가 주로 12월 18일과 19일양일에 걸쳐 총살했다……. 1997년 제주도의회 4·3 특위는 이로 인해 희생된 월산리 주민은 미신고자 포함 총 223명이라고 조사 발표했다. 당시 월산리는 200가호 규모의 작은 마을이었다…….

한편, 살아남은 주민들은 소개령에 따라 해변 마을인 용천포로 이주하여, 해안가에 설치된 임시 수용시설에서 지내게 되었다. 그러나 군과 경찰 토벌대는 해변 마을로 내려온 사람들에 대해서도, 만일 가족 중 젊은이 한 명이라도 사라졌다면 '도피자 가족'이라 하여 총살했다. 이 과정에서 나이 든 부모와 아내, 어린아이 등 주로 노약자들이 희생되었다. 총살은 진압군 주둔지인 해변 마을에서 끊임없이 벌어졌는데, 총살이 내내 그치지 않자 소개민들이 다시 도피 입산함으로써 사태를 장기화하는 한 요인이 되었다…….

35

이번엔 망월리 마을에 관한 기록을 찾아본다.
그러나 망월리의 경우는 희생자가 비교적 적은
때문인지, 그 책엔 실려 있지 않은 듯하다. 다른
자료들을 뒤져보다가 『4·3유적지 마을별 현황』이
라는 꽤 오래된 책자에서 우연히 그것을 찾아낸
다. 망월리 편은 2쪽 분량으로, 흑백사진 한 장과
함께 비교적 간략하게 기술되어 있다. 사진은 마
을 초입의 소나무밭 주변에서 찍은 것으로, '토벌
대가 세 가족 12명의 주민을 학살한 현장'이라는
설명이 붙어 있다.

1948년 12월 27일, 이른 아침에 예고도 없이 들이 닥친 토벌대는 주민들을 마을 앞 공터에 모이게 하고, 산사람들에게 식량을 공급했다는 이유로 세 가족(12명)을 끌어내어 인근 밭에서 총살했다. 이 사건 후 망월리 주민들은 느닷없는 소개령에 따라 가까운 해변 마을인 용천포로 이주하였고, 대부분의 가옥이 불에 타서 없어지는 큰 피해를 입었다……

마지막으로 희생자 명단을 찾아보는 일만 남았다. 한은 평화재단에서 펴낸 『4·3 희생자 명단』의 표지를 넘긴다. 깨알같이 작은 활자로 빽빽하게 인쇄된 책자엔 현재까지 공식 집계된 희생자 14,232명의 명단이 들어 있다. 미신고자와 파악 안 된 수까지 합하면 희생자는 대략 2만에서 3만명으로 추정된다고 한다.

한은 200여 쪽이 넘는 명단에서 월산리 부분을 찾아내어 사망자 이름을 일일이 확인해 내려간다. '이름 미상'인 한 살짜리부터 70대 노인에 이르기까지, 대부분 한날한시에 죽은 월산리 주민들의 이름과 신원이 여러 페이지에 걸쳐 빼곡히

들어차 있다. 역시 윤 씨의 얘기대로다. 행방불명
자 명단의 거의 맨 끝자리에서 한은 마침내 그것
을 발견한다.

고창석(31) 남, 강인애(29) 여, 몽구(8) 남, 몽희(7)
여, 몽선(5) 여.

윤 씨 할망의 얘기가 모두 사실이었구나.

한은 가슴이 먹먹해지면서 문득 얼음물이라도
끼얹은 듯 전신이 서늘해지는 충격에 휩싸인다.
그날 이후로 내 눈에는 지옥과 이 세상이, 악마와
인간이 하나로 겹쳐 보여요. 그러니 어떻게 기도
를 할 수 있겠어요……. 윤 씨의 허탈한 목소리가
불현듯 한의 귓전에 되살아난다.

책장을 덮고 나서 한은 오랫동안 창밖을 망연
히 내다본다.

저만치 귤밭을 구불구불 에워싼 돌담, 껑충한
삼나무 숲 사이로 드문드문 박혀 있는 성냥갑 모
양의 귤 저장창고들, 환하게 만개한 벗나무들이

줄지어 선 마을길, 올망졸망 모여 앉은 농가의 지붕들, 그리고 그 너머로 끝도 없이 아득히 펼쳐진 청회색의 바다……. 이 순간, 그 모든 것들 위로 병아리 솜털 같은 3월의 햇살이 환하게 내려 쌓이고 있다. 그 아름답고 평화로운 풍경 어디에도 저 지옥 같은 흉흉한 시간의 흔적 따윈 전혀 찾아볼 수가 없다.

한은 언뜻 꿈을 꾸고 있는 느낌이다. 도무지 종잡을 수 없게 헝클어지고 뒤죽박죽인 이상야릇한 꿈.

"몽희라고 했지, 고몽희. 살아 있었다면 올해 나이가…… 예순일곱 아니면 여덟이겠구나."

한은 무심코 중얼거린다. 한은 세 아이 중에서 그 둘째 아이만은 얼굴을 비교적 선명히 기억해낼 수 있을 것 같다. 단발머리에 유난히 또랑또랑한 눈망울. 장난기가 어려 있는 입 모양. 만약 그 아이가 살아 있었다면 지금쯤 어떤 모습을 하고 있을까 하고 한은 상상해본다. 그러자 어째선지 윤 씨 할망의 얼굴이 슬그머니 떠오른다.

　도서관을 나서자마자 한은 북쪽 한라산 기슭을 향해 차를 돌린다. 읍내를 벗어나 중산간 도로를 타고 서쪽으로 잠시 달리다가 다시 왼쪽 샛길로 접어든다. 콘크리트로 포장된 좁은 농로는 목장을 지나 이윽고 작은 오름 앞에서 갑자기 끊긴다.

　한은 길가에 차를 세운다. 샛길 어귀의 목장 울타리 말뚝엔 '잃어버린 마을 월산리 가는 길'이라는 작은 나무 팻말이 붙어 있다. 마을 옛터까지는 울타리를 오른쪽에 끼고 10여 분 올라가야 한다. 샛길 주위엔 오래된 왕벚나무들이 띄엄띄엄 늘어서 있다. 이곳도 벚꽃이 한창이다. 흐드러지게 핀

꽃 무더기 덕분에 주변까지 환하게 밝아 보인다.

작은 개울 위에 걸린 콘크리트 다리를 지나, 울창한 잡목 숲 사이로 완만한 오르막길이 이어진다. 그 숲 터널을 100여 미터쯤 걸어 오르면 이윽고 꽤 넓고 완만한 경사의 구릉지가 열린다. 거기서부터가 마을 옛터이다.

공터 초입에 혼자 껑충하니 서 있는 팽나무 아래서 한은 걸음을 멈춘다. 필경 이 언저리가 예전엔 마을의 중심이었으리라. 바로 옆엔 아담한 크기의 표석이 하나 서 있다. 한은 팽나무 아래 바위 위에 걸터앉아 그 표석의 안내문을 읽어본다.

여기는 4·3의 와중인 1948년 12월 15일경 마을이 전소되어 잃어버린 마을 월산리다. 이 마을에는 19세기 초반 무렵 생활이 어려웠던 제주도 각지의 사람들이 모여들어 화전을 일구며 살아가기 시작한 이래 4·3 당시엔 호수가 200여 호에 이르렀다. 주민들은 감자, 메밀, 콩, 산디(밭벼)를 주식으로 삼았고, 목축을 하였으며, 마을에는 서당이 있어 학동들의 글 읽는 소리가 끊이지 않았다……. 이곳에 밝은 햇살이 영원히 머물기를 바라며 이 표석을 세운다.

표석 앞에서 내려다보니, 저만치 텅 빈 황무지가 완만하게 부채꼴 모양으로 펼쳐져 있다. 지난 가을 처음 왔을 때보다 마을터가 더 넓어 보이는 느낌이다. 겨울 동안 주변의 수목과 숲의 부피가 그만큼 헐렁해져서일 것이다.

한은 울퉁불퉁한 자갈길을 다시 걸어 오른다. 주변은 인가는커녕 사람이 살았던 흔적마저 찾아보기 힘들다. 구불구불 이어진 돌담과 밭담만은 그나마 드문드문 남아 있어서, 그곳이 마당과 집터 그리고 화전을 일구던 층계 밭이었음을 어렴풋이 짐작할 수 있을 뿐이다. 한은 잡초가 뒤엉킨 공터로 들어서서 주변을 두리번거린다. 안내문엔 마을 샘터가 아직도 남아 있다는데, 어디인지 알 수가 없다.

꿩 한 마리가 눈앞에서 후다닥 날아오른다. 무심코 몸을 돌리니, 눈앞에 작은 대밭이 서 있다. 자신의 고향집 뒤란에도 그런 대밭이 있었음을 한은 기억해낸다. 여기 누군가의 집이 있었으리라. 몽희, 몽구, 몽선. 혹시 그 아이들의 집이 아니었을까.

그러자 정말로 이곳이 그들이 살던 집이었던 것처럼 느껴져, 한은 새삼 주변을 유심히 살펴본다. 과연 마른 칡덩굴 사이로 허물어진 돌담의 형태가 어렴풋이 드러난다. 반달 모양의 좁은 마당가엔 커다란 동백나무도 한 그루 서 있다. 무성한 가지마다 핏물 같은 붉은 꽃송이들이 흐드러지게 달려 있다. 한은 나무 아래서 꽃송이 하나를 주워든다.

산기슭에 옹기종기 모여 앉은 초가집들. 저녁밥을 짓느라 오밀조밀한 돌담 너머로 몽글몽글 피어오르는 흰 연기의 구름. 가마솥에 보리밥이 익어가는 구수한 냄새. 물 허벅을 등에 지고 집으로 종종걸음을 치는 어멍들. 소를 몰고 언덕길을 걸어 내려오는 까까머리 소년들. 밭일을 마치고 서둘러 동네 초입으로 들어서는 어른들. 마당에서 놀다가 사립으로 막 들어서는 아버지를 보고 한꺼번에 달려가는 어린아이들. 까르르르. 아이들의 해맑은 웃음소리……. 한의 눈앞에서 그런 온갖 소리와 냄새와 풍경들이 홀연히 되살아나고 있다. 그리고 이내 폭포처럼 터져 나오는 무시무시한 총소리, 화약 냄새, 비명 소리, 고함 소리, 통곡 소리……. 한은 진저리를 치듯 몸을 떨며 서둘러 그곳을 벗어난다.

하오의 해가 서쪽 오름 너머로 훌쩍 기울고 있다. 이제 곧 어스름이 내리기 시작하리라는 생각에 저도 모르게 마음이 약간 조급해진다. 팽나무와 표석 앞을 지나 마을 초입까지 내려왔을 때, 한은 문득 걸음을 멈추고 주위를 두리번거린다. 뭔가 이상한 기척이 들린 것 같은데, 주위엔 아무도 없다. 머리 위를 올려다보니 커다란 왕벚나무가 흰 거품 같은 꽃을 가득히 달고 서 있을 뿐이다.

이윽고 언덕길을 천천히 되밟아 내려오다가, 한은 놀라 우뚝 멈춰 선다. 맞은편에서 누군가 다가오고 있다. 여자다. 그런데 그 차림새가 어딘지

눈에 익다. 머리에 두른 흰 수건, 펑퍼짐하고 우
스꽝스러운 치마저고리. 탁한 갈색으로 물들인
저런 옷을 보고 갈옷이라고 하던가.

"가만, 저 사람은!"

한은 소스라치게 놀란다. 바로 그 여자다. 며칠
전 월령사 절 아래 해안 황무지에서 마주쳤던 그
이상한 여자.

여자가 눈앞을 스쳐 지나가는 순간에 한은 재
빨리 얼굴을 훔쳐본다. 하지만 바윗돌처럼 검게
그을리고 무표정한 옆얼굴만 언뜻 보았을 뿐, 나
이도 표정도 가늠하기 어렵다. 그런데 그 눈빛
이……. 돌연 한의 눈앞으로 아주 미세한 가루들
이 눈처럼 하얗게 쏟아져 내리기 시작한다. 바람
도 없는데 머리 위에서 왕벚나무가 꽃잎을 한꺼
번에 우수수 쏟아내고 있다. 한이 다시 고개를 돌
려 보니, 그 눈 깜짝할 사이에 여자의 모습은 흔
적도 없다.

"어찌 된 영문인가. 어디로 갔지?"

한은 어안이 벙벙해서 사방을 두리번거린다.

37

제주신화에서는 열다섯 살을 넘기기 이전에 죽은 어린아이들은 모두 '서천꽃밭'으로 간다고 믿는다. 서천꽃밭은 어린아이의 영혼이 머무는 곳, 즉 그들만을 위해 존재하는 특별한 낙원이자 천국이다. 이 낙원은 오로지 어린아이들에게만 입국이 허용되는데, 그 이유는 어린아이들은 아직 죄를 짓지 않은 순수하고 무구한 영혼인 까닭이다.

서천꽃밭은 이름 그대로 사시사철 꽃이 만발한 아름다운 꽃들의 세상이다. 나이 어린 혼령들은 극락에 가기 전 이곳에 머물면서 꽃에 물을 주는 일을 한다. 말 그대로 꽃과 함께, 꽃밭에서, 저마다 한 송이 아름다운 꽃이 되어 아이들은 이승에서 채 누리지 못한 행복과 평화를 마침내 이곳에서 마음껏 누리게 되는 것이다.

제주무속에서 '시왕맞이'는 영혼을 저승의 좋은 곳으로 인도하도록 기원하는 굿이다. 이 굿 안에는 '꽃질치기'라고 하는 과정이 있는데, 이는 특별히 15세 미만의 어린 영혼들을 서천꽃밭으로 보내주는 굿이다. 이 굿을 할 때는 저승문 위에 알록달록 어여쁜 꽃을 달아 꾸미고, 물 사발을 놓고 동전을 소리 나게 던져 넣어서 어린 영혼들을 달랜다…….

38

후우이 후우이.

또 부엉이가 운다. 폭낭 숲 쪽에서다. 한은 책을 내려놓고 창밖으로 시선을 돌린다. 유리창 너머로 달빛 환한 밤하늘이 올려다보인다.

"부엉이 울음소리를 듣다니, 오늘은 좀 특별한 밤인걸."

한은 고개를 갸우뚱하며 생각한다. 여태까지 부엉이가 집 근처까지 내려와 울음소리를 낸 적은 없었던 듯싶다. 시계를 보니 자정이 다 되었다.

지금 한이 읽고 있는 것은 『서천꽃밭섬 : 어린 영혼들의 낙원』이라는 책이다. 1973년에 출간된 그 책을 한은 며칠 전 읍내 도서관에서 빌려 왔다. 서가의 맨 구석진 자리에 버려진 듯 처박혀 있던 그것의 표지엔 '이방인의 눈에 비친 제주인과 유토피아'라는 부제가 붙어 있다.

저자는 싱John F. Synge이라는 아일랜드인 문화·인류학자이자 가톨릭 사제. 예수회 소속인 그는 1950년대 중반 처음 한국에 들어와, 첫 부임지인 제주도에서만 25년간 선교와 사목 활동을 해오다가 여러 해 전 세상을 떴다고 한다. 재임 기간 중 '제주인의 무속과 내세관'에 관한 연구를 계속하면서 발표한 논문들이라는데, 뜻밖에 독특하고 색다른 구술 자료들이 눈길을 끈다.

39

　서천꽃밭의 언어적 의미는 원래 서쪽 하늘西天 곧 저승 서쪽에 있다는 천상의 세계를 가리킨다. 이는 한국인의 보편적 저승관에 나타나는 이상세계의 이미지와도 일치한다.

　동아시아와 한국에서의 저승은 이승의 반대말이다. 시간적 공간적으로 둘은 완전히 분리되고 단절된 세계이기 때문에, 그 누구도 저쪽과 이쪽 사이를 오고 갈 수가 없다. 물론 혼령이 이승에 원귀의 모습으로 간혹 출현할 수는 있으나, 그것은 저승에 아직 들지 못한 상태의 신분이기에 가능할 뿐이다.

이 '서천꽃밭'에 대한 또 다른 독특한 관점이 제주도 토착신화와 민간신앙에 오래전부터 존재해왔음을 나는 최근에 알게 되었다. 주로 제주도 남부 지역 주민들과 무속인들의 구술을 통한 조사 연구에 따르면, '서천꽃밭'은 저승과 이승의 중간 지대에 위치하는 공간, 즉 하늘이 아니라 제주 바다 어딘가에 실제로 존재하는 섬을 가리킨다.

그 섬의 이름은 '서천꽃밭섬' 혹은 줄여서 '꽃밭섬' 인데, 제주도 서남쪽 바다 어디쯤의 물 위를 '떠다니는' 섬이다. (주 ; 일부에서는 그 섬이 '바다 밑'에 있다고도 말한다.)

물론 꽃밭섬은 앞 장에서 소개한 전설의 섬 '이어도' 와는 명확한 차이가 있다. 이어도는 산 사람들이 현실에서 찾으려 하고 또 찾을 수 있다고 믿어지는 (이승의) 섬이고, 꽃밭섬은 죽은 어린아이의 혼들이 모여 사는 (저승의) 섬이기 때문이다.

문제는 꽃밭섬이 때때로 이승에도 출현한다는 사실이다. 말하자면 이 특별한 섬은 이승/저승이라는 공간적, 시간적 경계를 허물고 자유로이 넘나들 수 있으며,

섬 자체가 환상이나 상상의 존재를 넘어서 현실에 실재하는 구체적 공간인 셈이다.

저승의 섬이 이승의 바다에 출몰한다면 세상 사람들의 눈에 띌 수밖에 없다. 그러나 이 섬은 산 사람의 눈에는 정작 보이지 않는다. 왜냐하면 사람들이 애초에 보려고 하지 않으므로 보이지 않고, 최소한 어렴풋이나마 감지하지도 못하는 것이다. 이 기이한 역설을 모슬포의 한 무속인은 이렇게 흥미로운 예로 설명해 보였다.

"자, 내 손을 보라. 바닥과 등은 따로 있으나 하나의 손이다. 하나임에도 둘은 서로를 보지 못한다. 당신이 들고 있는 그 책은 또 어떠한가. 앞면과 뒷면이 따로 있으되 한 장의 종이이다. 그럼에도 정작 둘은 서로를 보지 못한다. 하나이되 둘이고, 둘이되 하나인 것. 그것이 삶과 죽음이고, 이승과 저승이 또한 그러하다."

섬사람들 말에 따르면, 그 두 세계는 둘이자 하나이다. 마치 투명 유리판 두 장을 겹쳐놓은 것처럼, 두 세계는 우리 눈앞에 우리들과 함께 상시로 존재한다. 그럼에도 살아 있는 인간이 그걸 알아보지 못할 뿐이다.

그렇지만 세상엔 더러 특별한 눈을 가진 소수의 사람들이 있다. 그들은 이승과 저승을 한데 겹쳐서 동시에 볼 수 있는 눈을 가진 이들이다. 여기서 말하는 눈은 곧 마음의 눈, 영혼의 눈이다. 가파도에서 만난 한 노인은 이렇게 단언했다.

"인간은 오로지 마음과 영혼의 눈으로만 신과 우주를 볼 수 있지요. 꽃밭섬이 대체 어디에 있느냐고요? 그 섬은 오로지 보려고 하는 사람만 보고 또 느낄 수 있다오."

40

저승의 섬이자 어린 영혼들의 나라인 그 섬은 때때로 이승의 바다, 저 광활한 제주 바다에 모습을 드러내기도 한다. 오로지 밤 시간에, 그것도 만월의 휘황한 빛이 바다를 황금색으로 물들이는 맑은 보름밤에만 홀연히 수평선 위로 모습을 드러낸다.

그 섬은 왜, 무슨 연유로 이따금씩 저승의 경계선을 넘어 제주 바다로 찾아오는 것일까. 이에 관해서는 몇 가지 다양한 이설들이 존재한다. 그중 가장 일반적인 해석은 '길 잃은 어린아이들의 영혼'을 데려오기 위해서라고 한다. 흥미로운 것은, 어린 혼들은 저 혼자서는 그 섬을 찾아갈 수 없으므로 반드시 어미 혼의 도움을 받아야만 한다는 점이다. 때문에 어린아이의 혼은 어미의 혼이 저를 찾아올 때까지 이승에서 참을성 있게 기다려야 한다.

그런데 어린 혼들 중에는 어미의 혼과 영영 만날 수 없게 된 불행한 혼들이 있다. 생시에 자신의 부모에게 버림을 받았거나, 난리 통에 무덤도 없이 내버려지거나 암매장된 아이들의 혼은 어미를 영영 만날 수 없다.

마찬가지로 아이들 앞에 나타날 수가 없는 어미들도 있다. 난리 통에 죽임을 당해 암매장되거나, 바닷물 속에 내던져졌거나, 저 스스로 목숨을 끊은 어미의 혼들은 아이들의 혼과 만날 수가 없다. 그들은 먼저 자신의 잃어버린 시신부터 찾아 나서야 하는 까닭이다.

바로 이런 불행한 아이와 어미의 혼을 구원하기 위해, 꽃밭섬은 한밤중에 몰래 제주 바다를 찾아오는 것이다.

그 섬은 어떤 모습을 하고 있을까.

가장자리는 접시같이 평평하고 중심부는 도톰하게 솟아올라 영락없이 한라산을 닮은 그 섬은 말 그대로 아이들과 꽃의 섬이다. 천상과 지상의 모든 꽃들이 사시사철 흐드러지게 피어나고, 온갖 새와 나비와 벌과 반딧불이 들이 날고, 귀여운 강아지와 고양이가 아이들이랑 온종일 함께 뒹굴고 뛰노는 섬.

그래서 달빛에 흠뻑 젖은 그 섬이 마침내 저만치 수평선 위로 모습을 드러낼 때면, 제주 바다는 온통 아름다운 꽃향기로 가득 차 꿈틀거리기 시작하는 것이다……

41

안녕, 아저씨.

오늘 밤, 우리는 돌담 위에 셋이서 나란히 앉아
있어.

이 자리에 걸터앉으면, 앞마당과 당신 방 창문
이 한눈에 다 들어오지. 지금 책상 앞에 앉아 있
는 당신의 옆모습이 창 너머로 빤히 들여다보여.
당신은 오늘따라 늦도록 잠자리에 들지 않고 열
심히 책을 읽고 있네.

난 그 책에 무엇이 씌어 있는지 알고 있어. 그
건 어떤 섬에 관한 이야기야.

난 그 섬을 알아.

아직 가본 적도 없으면서 어떻게 아느냐고?

그건 우리가 찾아가야 할 섬, 우리가 오랫동안 기다려온 섬이니까. 어쩌면 오늘 밤 우리는 마침내 그 섬에 도착하게 될지도 모르거든.

그래. 이젠 내가 놀라운 비밀을 한 가지 알려줄게.

오늘이 무슨 날인지 당신은 잘 모를 거야. 한번 맞혀봐. 보름밤. 달이 가장 크고 둥글고 환한 밤. 별이 총총하고 바람은 잔잔하고 하늘까지 높고 맑은 밤.

그리고 진짜 중요한 게 하나 더 있지.

엄마…….

그래, 맞았어. 우리 엄마가 돌아온대. 오늘 밤 우리 엄마가 돌아온다니까!

우리는 며칠 전부터 그걸 알고 있었어. 폭낭 할 망이 알려주셨거든. 그날 아침 일찍 할망은 곤히 잠든 우리를 깨우더니, 싱글벙글 웃으며 마침내 기별이 왔다고 말했어.

"아이들아, 느네 어멍이 마침내 바당에서 풀려났다는구나. 이제 얼마 안 있으면 어멍을 만나질 거여."

할망은 우리에게 얘기해주었어. 엄마는 아주 오랫동안 바닷물 속에 갇혀 있어서 올 수가 없었지. 엄마의 몸이 햇빛조차 닿지 못하는 깜깜한 바다 밑에 가라앉아버리고 만 까닭에, 엄마의 혼도 함께 갇혀서 빠져나올 수가 없었대. 그런데 마침내 풀려난 거야. 지금 엄마는 우리들을 찾느라 혼자 여기저기 돌아다니고 있는 중이래. 하도 오래전 일이라 엄마는 고모 집에서 우리랑 만나기로 한 약속을 그만 까먹었나봐. 어쨌든 오늘 밤 엄마를 만나게 되면, 우리들은 이곳을 곧 떠나야 해.

아 참, 떠나기 전에 꼭 들려주고 싶은 얘기가 있어.
망고 이야기야.

당신은 망고의 마음을 알고 싶어 해. 그리고 유

기견이 된 사연도 궁금하다고 했지.

망고는 길거리에 버려진 게 아니야. 제 스스로 도망쳐 나왔어. 망고가 젖을 미처 떼기도 전에 주인이 망고 엄마를 팔아버렸대. 어린 망고는 철망 달린 트럭에 실려 간 엄마를 무턱대고 찾아 나섰다가 그만 갈 곳이 없어져버리고 만 거야.

망고가 산책길에서 항상 아무 데나 코를 박고 킁킁대는 건, 엄마 냄새를 찾느라 그러는 거야. 그리고 엄마가 혹시 다음에 이 길을 지나갈지 모르니까, 제 오줌 흔적을 열심히 남겨놓는 거고.

그때의 기억 때문에 망고는 인간을 두려워하고 이따금 혼자 심한 불안에 떨기도 해.

그렇지만 너무 걱정하지 않아도 돼. 망고는 이젠 당신과 식구들을 무척이나 좋아하고 또 믿고 있어. 정말이야.

나는 당신이 갑자기 우리들에 관해 궁금한 게 굉장히 많아졌다는 것을 알고 있어. 우리가 누구인지, 어떤 모습인지, 왜 당신의 꿈에 비치는지를 당신은 더 많이 알고 싶어 해.

그건 마침내 당신이 우리들의 존재를 조금씩 느끼기 시작했다는 뜻이야. 당신 마음의 눈, 영혼의 눈이 조금씩 열리기 시작했다는 신호일 수도 있겠지. 그래서 당신은 요 며칠 사이 도서관을 찾아가고, 이웃 사람들 얘기에 귀를 기울이고, 우리가 살던 마을 옛터를 찾아가보기도 했던 거야.

아 참, 당신은 우리 엄마를 이미 만난 적이 있어. 그것도 두 번씩이나 말이야.

어제 우리 마을 월산리에서 본 그 이상한 아줌마 있잖아. 바로 우리 엄마야. 머리에 흰 수건을 쓰고 갈옷 차림으로 당신 앞을 지나갔잖아. 그리고 지난번 월령사 부근, 수용소터에서도 한 번 마주친 적이 있었지.

그래, 맞았어. 엄마는 그때부터 내내 우리들을 애타게 찾아다니고 있었던 거야.

우리들의 존재를 조금씩 느끼기 시작하면서, 당신 마음속에 차츰 더 큰 욕망이 자라고 있다는 것도 나는 벌써 눈치를 챘어. 우리들의 존재를 알아볼 수 있는 눈. 그 미지의 세계에 대한 은근한 관심 말이야.

어쩌면 당신은 그 특별한 눈을 이미 지녔는지도 몰라. 당신은 남다르게 '아파하는 마음'을 가졌으니까. 그런 마음의 눈, 영혼의 눈을 가진 이들만이 우리들의 존재를 알아보고, 감지하고 또 공감할 수 있어.

하지만, 한편으로 나는 당신이 그 눈을 끝내 갖지 못하게 되었으면 좋겠다는 생각도 들어. 어째서냐고?

그 눈이 열리는 순간부터 당신에겐 너무나 힘든 시간이 시작될 테니까.

여기 우리들은 너나없이 모두가 불행하게 죽음을 당한 어두운 영혼들이야. 이승에서 행복한 혼이란 그 어디에도 없지. 행복한 혼은 당연히 천국과 극락에 있어야 하니까······.

우리 같은 혼들이 차마 못 떠나고 이승을 맴도는 까닭은 저마다 슬픔과 원망, 분노와 고통이 발목을 그러잡기 때문이지.

만일 당신이 언젠가 그 눈을 갖게 된다면, 당신
은 그 순간부터 지상을 떠도는 수많은 불행한 혼
들의 슬픔, 절망, 원망, 분노, 고통과 직접 마주쳐
야만 해.

진정으로 두려움 없이 마주할 수 있을 때라야
만, 당신은 그들의 검은 목소리에 귀를 기울이고,
검은 상처를 어루만지고, 검은 눈물을 닦아줄 수
있을 테니까……

42

아저씨.

이젠 시간이 별로 남지 않았어.

마지막으로, 우리가 어디에서 사는지, 어느 순간에 어떤 은밀한 흔적을 남기는지, 당신한테만 살짝 알려줄게.

우리들이 모습을 숨기고 있는 곳은 어디나 교묘하고 감쪽같은 자리야. 그래도 아주 유심히 살펴본다면 혹시 어렴풋이나마 눈치를 챌 수 있을지도 몰라.

우리들의 몸은 아주 작고도 작아. 유리처럼 투명하고 젤리처럼 말랑말랑해서 거의 보이지 않을 정도야.

언젠가 한낮의 강변 모래밭이나 풀덤불 속에서 반짝이는 작은 빛을 본 적이 있을 거야. 그냥 유리 조각이나 모래알인 줄 알았겠지만, 실은 그건 우리들이었을지도 몰라.

무더운 여름 한밤중에 숲이나 강가에서 춤추는 반딧불을 보았다면, 아마 그중에 몇몇은 우리들일 수 있어. 우리는 평소엔 모래알 크기이지만, 한껏 부풀리면 반딧불이만 해지거든.

우린 바위틈의 푹신한 이끼 위에 눕기도 하고, 나뭇잎 끄트머리에 매달려 쉬기도 해.

바람도 없는데 나무 이파리 하나가 유독 저 혼자 파르르 떨리거나, 혹은 보일락 말락 까닥까닥 흔들리는 걸 본 적이 있다면, 십중팔구 우리가 거기 있었다는 흔적이야.

한겨울 눈 쌓인 들판이나 골짜기 바위틈에 신기하게도 딱 갓난아이 손바닥만큼만 눈이 녹아 있다면, 방금 우리들이 앉았다 간 자리가 틀림없어.

꽁꽁 언 눈밭 양지쪽에 성급한 봄꽃이 살짝 고개를 내밀고 있거나, 혹은 울창한 숲 그늘 한쪽에 마치 숟가락으로 오려낸 듯 비좁은 틈새로만 유일하게 햇볕이 노랗게 내리쬔다면, 그건 바로 가까이에 우리들이 있다는 증거야.

아 참, 며칠 전 산책길에 망고가 동백꽃 하나를 입에 물고 쪼르르 달려갔었지?
그 꽃, 내가 당신의 발 앞에 일부러 톡 떨어뜨려준 거야. 망고는 아주 좋아라 하는데도, 당신은 전혀 눈치를 채지 못했지.

한 가지만 더 알려줄게.
당신들은 우리가 항상 무섭고, 어두침침하고, 음산한 얼굴을 하고 있으리라고 생각하겠지만,

꼭 그렇진 않아. 나 같은 어린아이의 혼은 너무너무 장난을 좋아해. 정말이지 잠시도 조용할 새가 없이 어디서건 시끌벅적 장난질을 쳐댄다니까.

과일나무에서 귤이나 자두 열매가 저 혼자 뚝 떨어져 바닥에 떼구루루 구른다면, 그건 대부분 우리들의 짓이지.

강아지가 별안간 제 꼬리를 물려고 뱅글뱅글 맴을 돌거나, 고양이가 저 혼자 뜀틀 선수처럼 제 자리에서 펄쩍펄쩍 뛴다면, 그건 틀림없이 아이들이 꼬리 끝에 매달려 마구 간지럼을 태우고 있기 때문이야.

해 저물녘 강이나 호수에서 물고기가 느닷없이 혼자 수면 위로 쑝! 하고 튀어나왔다가 퐁! 하고 다시 물속으로 사라진다면, 그건 물어보나 마나 우리들이 물속에서 물고기들이랑 한창 숨바꼭질을 하고 있다는 얘기이고……

아!

잠깐만! 저쪽에 누가 오고 있는 것 같아…….

야아아!

엄마다. 엄마가 왔어.

오빠야, 몽선아, 저기 봐. 우리 엄마가 왔다니
까!

43

한은 침실 창가에 서서 밖을 내다보고 있다.

맞은편 돌담 위엔 아이들이 이쪽을 마주 향하고 나란히 걸터앉아 있다.

몽희, 몽구, 몽선.

한은 이제 그 아이들의 이름을 알고 있다.

오늘따라 아이들 얼굴이 처음으로 또렷하게 보인다.

뭔가 좋은 일이라도 있는지, 다들 싱글벙글하며 담장 위에서 다리를 대롱거리고 연신 꺄륵꺄륵 웃음을 터뜨린다.

덩달아 망고도 아이들의 발밑에서 껑충대며 꼬리를 풍차처럼 신나게 흔들어댄다.

몽희가 한을 건너다보며 밝게 웃는다. 한은 금세 기분이 좋아진다.

"그래그래. 이제부턴 언제나 그렇게 행복하게 웃으며 지내렴."

한은 마음속으로 말한다. 그 말을 알아들었는지 몽희도 환한 미소를 짓는다.

그때다.

돌연 아이들이 와아 소리치며 마당으로 뛰어내린다. 그리고 일제히 뛰어가서 지금 막 마당 안으로 들어서는 웬 낯선 여인의 가슴에 한꺼번에 안긴다. 한동안 그들 네 사람은 서로 얼싸안고 기쁨에 겨워 어쩔 줄 모른다. 한은 그제야 눈앞의 광경을 이해한다.

"아, 엄마가 왔구나. 마침내 엄마가 돌아왔어. 그런데 저 사람은……."

한은 화들짝 놀란다. 그 낯선 여인의 모습을 한

은 퍼뜩 기억해낸다.

아, 그랬었구나. 저 애들의 엄마였구나.

여인은 아이들을 그러안고 끝없이 눈물을 철철
흘리고 있다. 어느 순간 달빛에 드러난 여인의 얼
굴을 보자마자 한은 또 한 번 놀란다.

어찌 된 영문인가. 그 얼굴은 바로 한의 어머니
다. 갈잎처럼 푸석한 모습의 어머니가 한없이 슬
픈 눈빛으로 그의 작은 손을 그러쥔다. 민우야이.
나 없더라도 할아부지 할머니 말씀 잘 듣고, 착한
사람이 되어야 한다이…….

한은 눈을 크게 뜨고 다시금 여인을 바라본다.
놀랍게도 그것은 이번엔 윤 씨 할망의 얼굴이 되
었다가, 이내 또 다른 노인의 현무암 같은 검은
얼굴이 된다. 그 노인이다. 그해 겨울, 눈 덮인 한
라산 골짜기에서 아들딸 다섯을 한꺼번에 잃었다
는, 그 사진 속 103세 제주 할망의 얼굴…….

한은 뒤늦게 깨닫는다.

자식을 잃고 찾아 헤매는 이 세상 어미들의 얼
굴은 모두가 똑같다는 사실을.

214

창밖의 가족은 이윽고 길을 떠날 모양이다.

세 아이는 차례로 망고를 안아주며 작별 인사를 하고는 엄마의 손을 잡고 마당을 나선다. 혼자 남아 그들이 사라진 골목 쪽을 잠시 지켜보고 있던 망고가 뒤늦게야 다급하게 짖기 시작한다.

컹컹컹.

44

컹컹컹.

그 소리에 한은 퍼뜩 눈을 뜬다.

아, 꿈이었구나.

한은 자리에서 벌떡 일어나 창문 앞으로 다가
간다.

휘영청 떠 있는 만월. 눈부신 달빛에 환하게 드
러난 마당과 돌담. 이 순간 눈앞에 보이는 그 모
든 것이 방금 꿈에서 본 모습과 완벽하게 똑같다.
아이들과 엄마의 모습만 보이지 않을 뿐이다. 이
상해라. 내가 아직도 꿈을 꾸고 있는 건가. 한은

어리둥절해하며 창에서 시선을 떼지 못한다.

컹컹. 어느 틈에 한을 알아보고 망고가 이쪽을 올려다보며 얼른 밖으로 나오라는 듯 다급한 소리로 짖어댄다. 시계를 보니 새벽 두 시다.

한은 서둘러 옷을 찾아 입고 현관문을 나선다. 망고는 벌써 앞장서서 마당을 벗어나 골목으로 종종종 내닫기 시작한다. 한은 무작정 망고 뒤를 종종걸음으로 쫓아간다. 어디로 가야 할지 한은 알지 못한다. 하지만 망고는 이미 목적지를 알고 있는 게 틀림없다. 주인보다 몇 걸음 앞서서, 매일같이 다니던 해변 쪽 산책길로 훌쩍 접어든다.

이윽고 개천을 따라 절 입구의 울창한 소나무밭 언덕 위에 멈춰 서서, 둘은 함께 가쁜 숨을 몰아쉰다.

한은 저도 모르게 아, 하고 낮은 탄성을 삼킨다.

눈앞에 하늘과 바다가 광대무변한 우주의 파노라마처럼 아득히 펼쳐져 있다. 밤하늘 한가운데서 달은 터질 듯 한껏 부풀어 오르고, 바다는 달빛을 받아 온통 눈부신 황금색이다. 온 세상이 그 풍성한 달빛에 흠뻑 젖은 채, 어떤 알 수 없는 거대한 힘에 이끌린 듯 저마다 술렁거리고 있다.

한은 언덕 가장자리까지 몇 걸음 더 나아간다. 절벽 가장자리 평평한 바위 위에 망고와 함께 나란히 앉는다. 갑자기 망고가 절벽 아래쪽을 내려다보며 끙끙대자 한은 무심코 그쪽으로 시선을 돌린다.

반딧불이다. 저만치 아주 작고 푸르스름한 몇 개의 발광체가 허공에 떠서, 지금 막 황무지를 지나 모래톱 쪽으로 느린 속도로 진행하고 있다.

하나, 둘, 셋, 넷.

맨 앞의 것에 비해 나머지 셋은 더 작아 보인다.

한은 이젠 그 불빛이 무엇인지 알 것 같다. 망고도 그쪽을 뚫어져라 바라보며 연신 안타깝게 끙끙 소리를 낸다.

그 작은 불빛들은 어느새 모래톱을 지나 바다로 들어서고 있다. 거기서부터는 눈부신 빛의 영토가 시작된다. 온 세상엔 달빛이 흐드러지게 내려앉고, 바다 위엔 황금빛 카펫이 먼 수평선까지 끝도 없이 펼쳐져 있다.

그 작고 푸르스름한 점들이 바다 위를 날아서 차츰차츰 희미해지는 광경을 한은 오래도록 숨을 죽이고 지켜본다.

마침내 그들이 달빛에 묻혀 완전히 지워졌을 때, 한은 가만히 중얼거린다.

"잘 가라. 모두들 안녕."

바로 그때, 한은 저 멀리 수평선 끝에서 홀연히 떠오르는 이상한 빛 무더기 하나를 발견한다.

섬이다!

영롱하고 파르스름한 빛에 신비롭게 둘러싸인 채 달빛 속에 유유히 떠 있는 그것은 분명히 섬이다. 가장자리는 평평하고 중심부는 도톰하니 솟아오른 섬. 한은 그 섬의 이름을 알고 있다.

서쪽하늘 꽃밭섬.

과연, 어느 사이엔가 온 세상은 천상의 꽃향기로 가득 차 있다. 땅도 바다도 아름답고 신비로운 꽃으로 온통 뒤덮여 있다. 천지에 가득한 이 달빛이 꽃향기인지, 꽃향기가 달빛인지 알 수가 없다. 한은 두 손을 가슴에 모으고 조용히 눈을 감는다.

'아아, 그 아이들은 지금 저 섬으로 가고 있으리라. 그런데 내 아버지는 지금…… 저 바다 밑어디쯤에 홀로 잠들어 있을까.'

갑자기 한의 눈에서 눈물이 주르르 흘러내린다. 한번 터진 눈물은 멈추지 않고 끝없이 솟아나온다. 그럼에도 한은 눈을 뜨지 않는다. 지금, 이것은 꿈일까. 불현듯 한은 의심스러워진다. 눈을 뜨면 또 어떤 세상이 기다리고 있을지, 한은두렵다. 볼을 타고 흘러내린 눈물이 어느새 이불깃으로 축축하게 스며드는 걸 느끼면서도, 한은 움직이지 않는다.

컹컹, 컹컹.

밖에서 망고가 연신 그를 부르고 있다.

에필로그

섬은 그 언제인가 목소리를 빼앗겨버렸다. 그 날 이후 아무도 섬의 음성을 들을 수 없었다. 섬은 목소리를 잃고, 언어를 잃고, 노래를 잃고, 비명을 잃었다. 그리고 마지막엔 침묵마저 잃어버렸다. 목소리를 잃었을 때 침묵할 권리도 함께 빼앗긴 까닭이다.

그래서 섬은 남모르게 밤에만 운다. 달도 별도 해도 없는 밤, 그 칠흑의 어둠 속에서 섬은 저 홀로 숨어 운다. 넋두리도 흐느낌도 없이, 그저 흐릿한 바람 소리로만 운다.

가만히 들어보면, 그 이상한 울음은 돌들이 내는 소리이다. 섬에 지천으로 깔려 있는 검고 구멍 숭숭한 돌들이, 모난 몸뚱이를 해풍에 서로 비벼대며, 해금처럼 희미하게 앵앵대고 우는 소리이다.

그 섬에는 밤마다 검고 못생긴 돌들이 저희들끼리 모여서 운다. 돌담에 숨은 수천수만의 혼들이 머리채를 풀어 헤치고, 돌의 육신을 빌려 바람의 울음을 운다.

그 섬엔 별보다도 많은 어린아이들의 슬픈 혼이 돌담 틈에 숨어 살고 있다. 그러므로 그 섬에 가거든, 부디 돌멩이 한 개도 무심히 밟고 지나지 말라. 함부로 돌담 사이 어둠을 엿보거나, 돌멩이 한 개라도 무심코 빼내어 허물지 말라.

돌담 속 슬픈 아이들의 혼은 그 섬 어디에나 있다.
유채꽃 흐드러진 올레길, 갯무꽃이며 메꽃이 깔린 해안가, 하늘을 가린 울창한 삼나무 숲, 동백꽃 점점이 붉은 남쪽 마을, 잡초 엉클어진 중산간의 폐촌들…….

그 어디를 가건, 당신은 그들의 슬픈 시선에서
한 발짝도 벗어날 수 없다.

그러므로
그 섬에 가거든, 돌담 그늘에 누운 어린 혼들의
고단한 잠을 함부로 깨우지 않도록 조심하기를.

고즈넉한 마을, 이끼 낀 돌담길을 지나거나, 바
람찬 들녘의 구불구불한 밭담 사이를 걸을 때나,
혹은 오름 기슭 외진 골짜기에서 이름 없는 돌무
더기들과 마주치거들랑,

부디
목소리 발소리를 낮추고,
가만가만 지나가기를……

* 이 소설에 등장하는 '서천꽃밭섬'은 작가가 제주신화 속의 '서천꽃
밭' 부분을 바탕으로 재구성한 허구적 이야기이다. 또 '서천꽃밭섬'
에 관한 책과 그 저자 역시 마찬가지임을 밝힌다.

작품해설

나야, 몽희

김형중

1

한국 현대사는 '항상적 예외 상태'의 역사였다고 해도 과언이 아니다. '예외 상태'란 말을, '법률을 효력 정지시킴으로써 오히려 법의 힘을 강화하는 비식별역'이라는 아감벤적인 의미로 사용한다면 그렇다는 말이다. 36년에 이르는 식민지 시기에 조선의 법은 일찌감치 그 효력을 정지당했고, 일본 본토의 법마저 식민지에는 그대로 적용되지 않았다. 해방 정국에서도 법은 법보다 더 막강한 위력을 지닌 양대 이데올로기에 의해 효력 정지되기 일쑤였고, 군법이 민간인에게도 집행되던 전쟁 상황은 말할 것도 없다. 4·19 이후 들어선 새로운 권력은 매일매일의 예외 상태(계엄, 위수령, 긴급조치) 선포를 통해서만 법을 초월한 권력을 자신의 영토 내에서 작동시킬 수 있었고, 신군부는 5·18이라는 예외 상태를 발판 삼아 권력을 획득했다. 그리고 이후 신자유주의는 한국인들을 항상적인 '경제적 예외 상태' 속에서 살게 했다.

와중에 한국 영토 내에 거주하는 '인구'는 자주 '호모 사케르'의 지위로 내몰렸다. 징집당하고, 체포당하고, 고문당하고, 동원당하고, 학살당한 자들의 역사, 그런 의미에서라면 한국 현대사는 '죽여도 죄가 되지 않고, 죽어서도 희생 제의에 봉헌되지 못하는 벌거벗은 생명들'의 역사이기도 하다. 다음과 같은 사건이 우리 역사에서도 우리 소설에서도 그리 낯설지 않은 것은 그런 이유 때문일 것이다.

소개령이 내려진 지역은 일체의 통행이 금지되

고, 눈에 띄는 자는 누구나 폭도로 간주돼 총살에
처해졌다. 불과 두 달 사이에 한라산 기슭의 수많
은 중산간 마을들은 예외 없이 완전히 텅 빈 폐허
로 변했다. 마을 전체가 불에 타고, 셀 수도 없이
많은 주민들이 곳곳에서 무차별로 떼죽음을 당했
다. 토벌대를 피해 남녀노소 가족들을 이끌고 한
라산 골짜기를 헤매는 사람들이 부지기수였다.

(151쪽)

모든 법이 효력 정지되고 단순히 '눈에 띈다'는
사실만으로 죽임을 당하게 되는 예외 상태로서의
소개령……. 임철우가 이번에는 우리들을 소개령
하의 어떤 작은 마을로 데려간다. 거기는 1948년
12월 15일, 제주의 월산리라는 마을이다.

2

임철우는 항상 이중적인 의미에서 예외 상태의
작가였다. 첫째로, 그의 거의 모든 문장들이 항상
저와 같은 역사적 예외 상태하에서 희생당한 자

들을 인양하는 데 바쳐졌다는 점에서 그렇다. 그리고 둘째로, 그가 항상 작가로서의 자신의 위치를 '비상사태' 속에 두어왔다는 점에서 그렇다. 임철우에 관해 글을 쓸 때마다 어김없이 떠오르는 구절을 여기로 다시 옮겨와본다.

빚진 게 없다고? 문득 소설을 쓰고 싶은 강렬한 충동에 휩싸여, 당신은 책상 앞에 앉았다. 쓰자. 써야 한다. 지옥의 시간에 결박당한 사람들의 이야기, 삶과 죽음을 한꺼번에 보듬고서 저주 같은 이 지상의 시간을 견뎌내야만 하는 사람들의 이야기를. 당신은 숨을 몰아쉬었다. 그것은 성욕처럼 격렬하고 절박한 욕구였다. 환청이 들려온 것은 그때였다.

"시간이 없어! 시간이!"(『백년여관』, 한겨레신문사, 2004, 22-23쪽)

"시간이 없어! 시간이!"라는 환청을 기록한 활자의 크기는, 그의 소설 쓰기가 어떤 강렬한 충동 속에서 '다급하게' 이루어지는 작업임을 보여준다. 그는 "지옥의 시간에 결박당한 사람들의 이야기, 삶과 죽음을 한꺼번에 보듬고서 저주 같은 이 지상의 시간을 견뎌내야만 하는 사람들의 이야기"를, 항상 '비상사태'의 감각 속에서 써내는 것, 그것이 글쓰기의 임무라고 생각하는 작가다.

그런 임철우가 거처를 제주로 옮겼다는 소식을 들은 지 꽤 지났으니, 그가 어떤 작품을 써서 또 세상에 내보낼 것인지는 충분히 예상 가능했다. 그는 아주 오래전부터 "동굴의 시커먼 아가리"(17쪽) 같은, 혹은 "어둠의 핵심"(46쪽) 같은 '구멍'(틈, 공백, 허방?)을 눈에 달고 다니는 사람이었으니, 거기 제주에서도 또 심연을 보았으리라……. 휴전선 인근(「아버지의 땅」)에서, 광주(『봄날』)에서, 강원(『황천기담』)에서, 태평양전쟁 시기 일본군 주둔지(『이별하는 골짜기』)에서, 베트남의 전장(「연대기, 괴물」)에서, 그는 그간 자신의 문학 이력 전체를 바로 그 심연을 들여다보는 일에 바쳤다. 그리고 그가 들여다본 심연 속에는 항상 시신들이 즐비했다. 그랬으니 그가 제주에서 무엇을 볼지는 자명했던 셈이다. 아니나 다

를까 그의 시선은 1948년의 월산리 학살 사건을
향했고, 다시 심연 속에서 이런 것들을 본다.

또 다른 무리가 눈앞으로 다가온다.

수십 명씩 굴비 두름처럼 한 줄로 나란히 엮여
있다.

다들 똑같이 등 뒤에서 손목이며 팔뚝을 밧줄
혹은 철사 줄로 결박당한 모습. 밧줄이 고삐처럼
목에 그대로 휘감겨 있는 사람도 있다. 하나같이
백지장으로 변한 얼굴들. 목덜미와 가슴께까지
온통 피투성이인 까까머리 소년. 두 눈을 허옇게
부릅뜬 채 굳어버린 노인. 양팔로 가슴을 그러안
고 새우처럼 웅크린 젊은 여자. 아직도 입에서 검
은 피를 울컥울컥 토해내는 청년…….

거기엔 아이들도 있다. 두어 살, 예닐곱 살, 까
까머리 초등학교 아이들까지. 젖먹이를 품에 안
은 젊은 어미. 팔다리가 잘려 나가고, 얼굴이 짓
이겨진 남자들. 두 눈을 빤히 뜨고 이쪽을 노려보
는 노인. 산발한 머리채를 미역 줄기처럼 검게 풀
어 헤친 채 떠내려가는 여자……. 은은한 달빛 아

래 끝없이 펼쳐지는 그 무서운 광경 앞에서 그는 차마 숨조차 쉬지 못한다. (20-21쪽)

직장 은퇴 후, 제주에 거처를 마련하고서도 그의 눈에 장착된 심연은 고통을 인양하느라 여념이 없어 보인다. 전작 『연대기, 괴물』(문학과지성사, 2017)에 붙인 해설에서 내가 그를 일컬어 한국문학의 '사도 바울'이라 칭했던 것도 이런 이유였는데, 이 책 『돌담에 속삭이는』에서도 그는 여전히 한국문학의 "특별한 눈" "아파하는 마음"이고, 온 노력을 다해 일어난 일들의 참혹함을 전하는 '고통의 사도'다.

3

참혹한 사건의 인양자이자 기록자로서의 면모는 여전히 유지하되, 『돌담에 속삭이는』에 새로 도입된 어떤 장치가 있다면 그것은 몽희의 시선, 곧 '응시'로 읽힌다. 관건은 눈인 셈인데, 임철우의 소설에서 항상 그랬듯 먼저 두 종류의 눈이 있다. 몽희는 눈에 대해 이렇게 말한다.

우린 이렇게, 당신들 눈앞에 존재하고 있어.

그럼에도 당신들은 우릴 알아보지 못하지. 왜
냐면 당신들이 애초에 우릴 보려고 하지 않기 때
문이지. 보려 하지 않으므로 보이지 않고, 보이지
않으므로 우리에 대해 아무것도 알지 못하는 거
야. 애당초 들으려 하지 않고 느끼려 하지 않으므
로, 우리의 목소리를 듣지 못하고 우리의 존재를
느낄 수가 없는 거야. (49쪽)

어쩌면 당신은 그 특별한 눈을 이미 지녔는지
도 몰라. 당신은 남다르게 '아파하는 마음'을 가졌
으니까. 그런 마음의 눈, 영혼의 눈을 가진 이들
만이 우리들의 존재를 알아보고, 감지하고 또 공
감할 수 있어. (205쪽)

몽희의 말에 따르면 두 종류의 눈이 있다. '보
려고 하지 않는 눈', 즉 보고 싶은 것만 보는

눈……, 그리고 "특별한 눈", 즉 "그 눈을 갖게 된다면, 당신은 그 순간부터 지상을 떠도는 수많은 불행한 혼들의 슬픔, 절망, 원망, 분노, 고통과 직접 마주쳐야만"(206쪽) 하는 눈…….

간과하는 경우가 많지만 눈에도 욕망이 있다. 그리고 욕망은 쾌락원칙의 지배를 받는바, 우리가 원하는 것만을 보도록 하는 경향이 있다. 눈에 콩깍지가 씌었다는 말은 그런 말일 텐데, 대체로 우리 눈의 콩깍지는 고통과 불쾌를 피하려는 속성을 가지고 있다. 만약 우리가 몽희(4·3의 현현)를 보지 못한다면, 그것은 우리의 눈이 몽희를 보지 않음으로써(감정 지출의 경제에 따라) 불쾌를 피해가려는 속성을 내장하고 있기 때문인 셈이다. 몽희가 '당신들'로 지칭하는 이들의 눈, 그러니까 일반적으로 '우리들'의 눈은 그토록 착란적이다.

물론 그런 눈이 임철우나 한민우의 눈일 리 없다. 비상사태의 감각 속에서 매번 역사의 가장 참혹한 심연을 '들여다보는' 일을 업으로 삼았던 이의 눈은 "특별한 눈"이다. "아파하는 마음"(205쪽)

을 가진 그 눈은 우리에게 콩깍지 너머를 보도록 한다. 예의 그 심연 속 시신들 말이다. 이 작품에서도 임철우는 그런 눈으로 여전히 고통의 사도로서의 자기 몫을 해낸다.

4

그러나 『돌담에 속삭이는』에는 예외적으로 다른 눈, 제3의 눈이 있다. 그것은 바로 "우린 이렇게, 당신들 눈앞에 존재하고 있어"(49쪽)라고 말하는 화자 몽희의 '응시'다. 소설 곳곳에서 제2의 화자로 등장하는 유령 몽희가 한민우에게(아니 실은 독자들에게) 이렇게 말한다. "하지만 우린 당신을 잘 알고 있어"(50쪽). "언제 어디서건, 당신의 옆자리 혹은 바로 등 뒤에서 우리는 조용히 당신을 지켜보며 서 있어." "자, 고개를 돌려봐."(11쪽) 몽희의 이 문장들을 읽는 순간 어떤 일이 일어날까? 저 저주 같기도 하고 경고 같기도 한 몽희의 말들과 함께 내내 시선의 주체였던 독자들은 시선의 객체, 즉 '바라보는' 위치가 아닌

'보여지는' 위치에 서게 된다. 보는 것은 피할 수 있지만, 보여지는 것은 피할 수 없다. 시선은 내 의지와 욕망에 따라 거둘 수 있지만 응시는 거둘 수 없다. 게다가 그 응시하는 타자가 영혼이라면 더더욱 그렇다.

독자로 하여금 자신이 보는 주체가 아니라 보여지는 객체라는 사실을 자각하게 하는 바로 저 응시 덕분에, 『돌담에 속삭이는』을 읽고 나서도, 우리가 감정 지출의 경제에 따라 1948년 제주의 많은 일들(우리를 그지없이 불편하게 하는)을 잊고 살 수 있을지는 미지수다. 동화적인 아름다움(제주 '서천꽃밭' 신화의 차용에서 비롯된)과 서정성에도 불구하고, 이 소설이 읽는 이로 하여금 섬뜩하고 강렬한 죄책감 같은 것을 불러일으키는 것은 이 '응시' 때문이다.

응시는 일종의 위협이자 저주인데, 몽희의 저 부탁대로 고개를 돌려볼까? 그러면 우리가 무심코 지나친 모든 곳, 모든 순간들 속에서 그들이 우리를 지켜보고 있었음을 발견하고는 소스라치지 않을 도리가 없다. "강변 모래밭이나 풀덤불 속에서 반짝이는 작은 빛"에도 "무더운 여름 한 밤중에 숲이나 강가에서 춤추는 반딧불"에도 그들이 있다면 우리가 그들을 어떻게 피할 수 있을까? "바람도 없는데 나무 이파리 하나가 유독 저 혼자 파르르 떨리거나, 혹은 보일락 말락 까닥까닥 흔들리는" 모습, "한겨울 눈 쌓인 들판이나 골짜기 바위틈에 신기하게도 딱 갓난아이 손바닥만큼만 눈이 녹아 있"(209쪽)는 자리를 우리는 얼마나 자주 목도하는가? 그런데 그런 풍경들도 모두 그들이 다녀간 흔적이라면?

그러나, 우리 눈의 쾌락 원칙을 초과하면서, 몽희가 '당신들'에게 내리는 축복이자 저주 같기도 한 문장들은 더 길게 이어진다.

과일나무에서 귤이나 자두 열매가 저 혼자 뚝 떨어져 바닥에 떼구루루 구른다면, 그건 대부분 우리들의 짓이지.

강아지가 별안간 제 꼬리를 물려고 뱅글뱅글 맴을 돌거나, 고양이가 저 혼자 뜀틀 선수처럼 제

자리에서 펄쩍펄쩍 뛴다면, 그건 틀림없이 아이들이 꼬리 끝에 매달려 마구 간지럼을 태우고 있기 때문이야.

해 저물녘 강이나 호수에서 물고기가 느닷없이 혼자 수면 위로 쑝! 하고 튀어나왔다가 퐁! 하고 다시 물속으로 사라진다면, 그건 물어보나 마나 우리들이 물속에서 물고기들이랑 한창 숨바꼭질을 하고 있다는 얘기이고……. (210쪽)

자, 이제 우리가 어떻게 그들의 존재를 모른다고 말할 수 있을까? 우리가 용기를 내 들여다보지 않아도, '아파하는 마음'과 '특별한 눈' 이전에도 이후에도, 지상 모든 곳에 편재하는 고통스런 영혼들이 이미 우리를 응시하면서 말을 걸고 있는데 말이다. 이렇게…….

"나야, 몽희."(126쪽)

이 소설은 순전히 매일의 산책길에서 얻은 셈이다. 집 근처의 작은 숲, 돌담과 밭담, 잡풀에 뒤덮인 돌무더기, 동백꽃과 삼나무들…… 그리고 유기견 보호소에서 온 우리 집 강아지 망고. 고맙게도 그들이 내게 눈과 귀를 빌려준 덕분에, 언제부턴가 나는 몽희의 목소리와 숨결을 어렴풋이나마 듣고 느낄 수 있었다.

그해 겨울 아주 잠시 이 섬에 머물렀다 떠난 수많은 어린 혼들 앞에, 이 작은 꽃 한 송이를 바친다.

책이 나오기까지 많은 분의 도움을 받았다. 바쁜 중에도 귀한 글을 주신 김형중 형, 편집부 윤희영 님과 여러분들께 두루 감사드린다.

2019년 초여름. 제주도에서
임철우

돌담에 속삭이는

지은이 임철우
펴낸이 김영정

초판 1쇄 펴낸날 2019년 6월 25일
초판 3쇄 펴낸날 2022년 12월 27일

펴낸곳 (주)현대문학
등록번호 제1-452호
주소 06532 서울시 서초구 신반포로 321(잠원동, 미래엔)
전화 02-2017-0280
팩스 02-516-5433
홈페이지 www.hdmh.co.kr

ISBN 978-89-7275-995-9 04810
     978-89-7275-889-1 (세트)

* 책값은 뒤표지에 있습니다.

현대문학 핀 시리즈 소설선